インスブルックの教会

ベートーヴェンが遺書を書いた家の中にあるピアノ

観光馬車「フィアカー」の前で。バックは王宮

私のウィーン物語　パートⅡ

ウィーンからダブリンへ

二川道子
FUTAGAWA Michiko

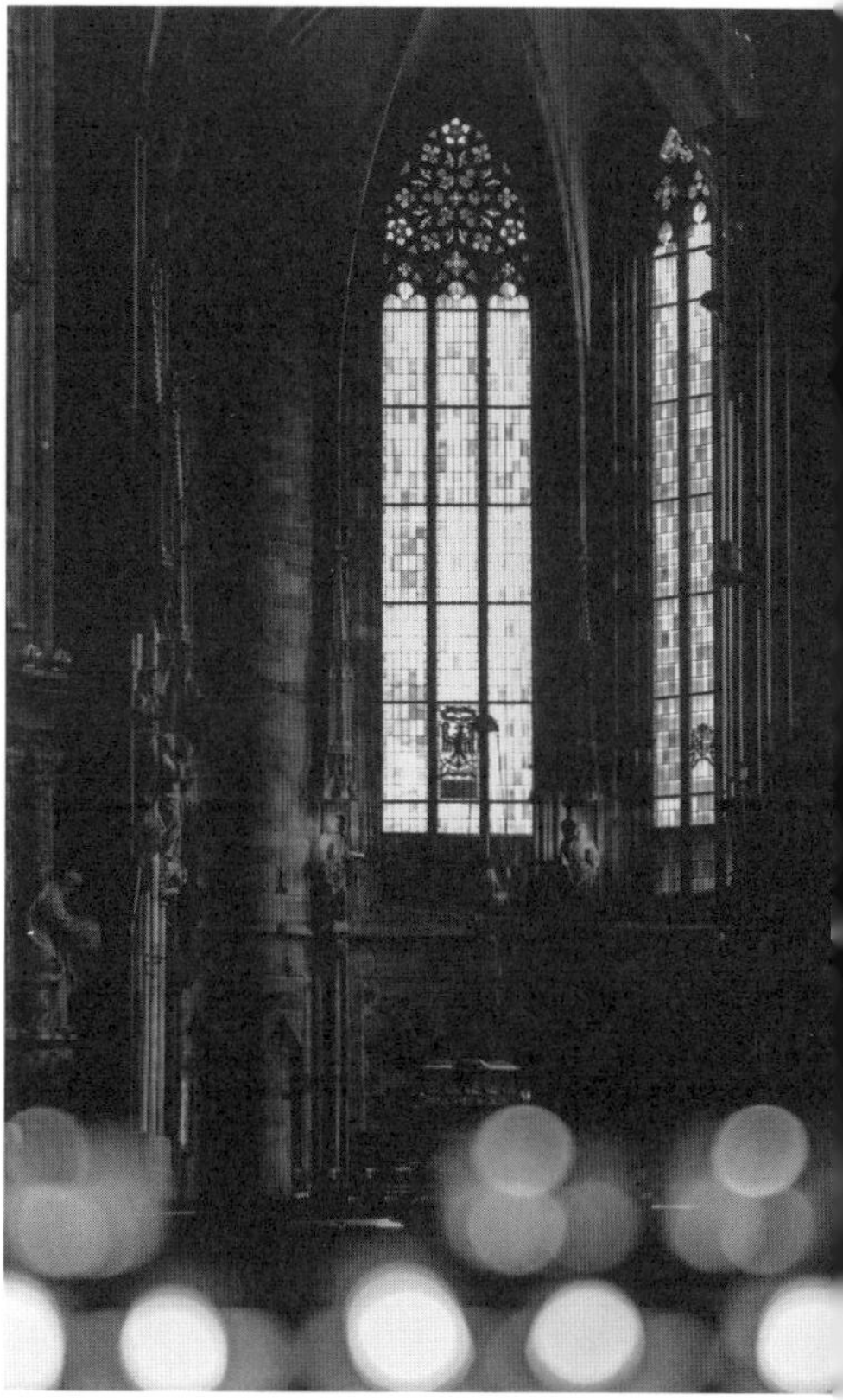

文芸社

はじめに

平成十六年に『私のウィーン物語』を上梓してから二十年。当時三百冊の自費出版だったため、友人知人にさしあげた。喜んでいただいたが、ほんの少しの人にしか読んでもらっていない。そのため前著から何編か抜粋して載せていただいた。

今回パートⅡとして前回書き忘れていたことや、その後の私の体験を書き足して、文芸社から出版していただくことになった。電子書籍にもなるのだそうだ。

ウィーンとダブリンで生活したのは娘である。急に私が娘にお願いして「海外への道のり」「ウィーンでの生活」「ダブリン記」を書いてもらった。文章などとは縁のない生活をしている娘だが、当時日記をつけていたらしく、思い出しつつ書いてくれた。

姉の文章も関連するところに入れさせてもらった。

楽しんでいただけたら嬉しい。感想をきかせてくださったら、なお嬉しい。

読者の皆さん、よろしくお願い致します。

令和六年五月吉日

目次

第3部　人との出会い　127

第4部　私の人生手帖　161

第5部　私の尊敬する鹿児島の偉人　213

第1部　私のウィーン物語

ウィーンでの一カ月

平成十四年十月から六カ月の予定で、医師の婿が国費でウィーン大学に留学することになり、娘一家はオーストリア共和国の首都、ウィーン市で生活することになった。

ウィーン大学はドイツ語圏では最も古く、一三六五年にルドルフ四世によって創設された、ヨーロッパの名門だそうだ。

建物もイタリア・ルネッサンス様式で、リンク通り沿いのなかでも、ひときわ美しい。

これまでにフロイト、ブルックナー、ロレンツ・シュタイン、ビルロートなど十三人のノーベル賞受賞者を輩出しているという。

婿は、臨床神経学研究所・神経病理学のヘルベルト・ブッカ教授のもとで、勉強する機会を得た。テーマは、エイズ脳症の神経病理学的解析。

ウィーン大学は、六百年以上の歴史があるだけに、自動免疫染色機や検体処理室もあり、設備がとても充実しているという。

婿自身も顕微鏡一台付きの机を、与えられたそうだ。

余談になるが、ウィーン大学医学部・神経学教室には、精神科医で歌人でもあった斎藤茂吉も四十歳から三年半、留学していたという。脳梅毒で死んだ脳の変化について研究していて、医学部の図書館に茂吉の博士論文が、保管されているとか。

娘たちは三人の子どもが、二歳、一歳、六カ月と手がかかるため、私も手伝いを兼ね、一カ月ウィーンに行ってほしいと、頼まれた。

娘はウィーンでの生活用品などの選別に追われ大変だったが、私は気軽な旅行者気分で、十月一日、鹿児島を出発した。

その日は関西のホテルに一泊し、翌日ウィーン行きの飛行機で旅立った。

私にとっては、オーストラリア、中国に続いて、三度目の外国旅行である。

十二時間という長さも、子守りや雲の変化を楽しみながらで、そう長くは感じなかった。

モスクワ上空から見た下の景色は、雪景色のようでもあり、なんだか複雑な模様のようにも見えた。三日月やロケットのように、ぐんぐん上の方に上がっていく物体も見えた。

何しろ飛行機の高度が国内は約六千メートル、外国は国内の二倍の約一万二千メートルぐらいだから、下の景色は、よくわからない。

飛行機の座席は、一番前。赤ちゃんのために、壁にカゴをねじ込み、簡易ベッドを用意してくれた。お陰で、ずっと抱いて過ごすことなく、とても助かった。

子どもには、絵本やおもちゃ、シールなどが配られ、大変なサービスぶりである。六カ月の赤ちゃんには、機内食として、三種類の瓶入りベビーフードが与えられた。

飛行機代は会社によって違うらしいが、赤ちゃんもサービスを受けるため、いくらかの料金を払うのだそうだ。

電車やバスは子どもは無料だが、飛行機の場合赤ちゃんまで有料とは、私は今回初めて知った。二歳以上は、大人と同額だそうだ。

日本とウィーンとの時差は夏は七時間、冬は八時間とのこと。そのため日本を昼前出発したのに、なかなか暗くならない。着いたのは現地時間で、午後三時だった。

空港に着いたらまず、荷物をチェック。大型トランク三個と乳母車はあったものの、日本の空港で最後にあずけた紙袋が失くなっていた。早速、盗難である。

日本のようにバーコードのついた引き換え券などないことと、子ども連れで他の人より遅れて荷物置き場に着いたことが、原因のようだ。

空港はスリにとって、一番の仕事場？　であるらしい。地下鉄もあぶない。日本から所用で来た婿の同僚の中国人医師は、キャッシュカードや現金を盗まれたという。敵は集団で乗車口を囲み、盗ったら発車前にすぐ下車するのだそうだ。

紙袋の中は、娘夫婦の皮のコート二着と、子ども三人分のコートである。盗まれたものは、仕方がない。一応警察に届けはしたものの、返ってはこない。

住居まではタクシーで行ったので、着のみ着のままで大丈夫だった。気温は十六度。外を行くたいていの人は、コートを着ていた。

娘たちの住む部屋は、地下鉄の駅が目の前にある、二十二階建ての近代的ビルの十二階だった。まわりでは、ひときわ目立つ総ガラス張りの、高層ビルである。大学病院関係者だけが入っているという。

十畳ほどのロッカーつき寝室と、十二畳ほどのリビング二部屋で、新築らしくどこもピカピカだった。

ベッドや食堂セット、サイドボードにソファ、冷蔵庫にコーヒーメーカー、食器類まで備えつきで、まるでホテル暮らしのような快適さである。

十二階からの外の景色は、赤と緑のとんがり屋根がメルヘンチックな教会をはじめ、学校、スーパー、銀行、郵便局と遠くの山並み、ウィーンの森まで見渡せ、それらが時間と共に色が変化し、毎日見ても見飽きない。

すぐ下の広場には鳩が群れ、人々が休息している。赤と白のツートンカラーのスマートな路面電車や列車、バスなども行き交っている。

着いた翌日には、家族六人で地下鉄に乗って、買物に出かけた。

日本と違うところは、電車でもバスでも乳母車ごとサッと気軽に乗り込めることである。

犬好きで、犬を大事にしている国民らしく、すべての乗り物に犬も乗れる。その場合、たいてい口輪をはめられている。レストランにも入れるそうだ。

一方、猫の姿を一度も見かけなかった。集合住宅のため、家の中で飼っているのだろう。一軒屋なんて、そこらには見当たらない。郊外の方に、いくらか見ることができる。

人々は皆親切で、子ども連れにはすぐ、席を譲ってくれる。東洋人の子どもはめずらしいらしく、どこに行っても人気者である。よく笑いかけられ、声をかけられた。

切符は電車、バス、地下鉄と共通券で、とても便利だ。種類も一日、三日、八日、一カ月有効とあり、目的に応じて使用できる。

乗り降りの際、いちいち検査はなく、皆勝手に乗り降りしているように見える。たまに検査があるらしいが、私は一度も経験しなかった。四月に一カ月ウィーンに行った夫の話によると、夫は何回も検査にあったという。一年間住んだ婿によると、三、四月はよく検査があるのだそうだ。

言語はドイツ語。英語はまあまあの娘も、ドイツ語は苦手である。辞書を片手に必死に勉強している。パン一個買うにも勉強した成果を試し、それが通じると喜び、次々と試して楽しそうである。上達も速いようだ。それが、若さというものだろうか。私は今さらドイツ語を憶える意欲もなく、ただ傍観していた。「ありがとう」の「ダンケ・シェーン」だけは、何回か使ってみたが……。ウィーンの人は、ただ「ダンケ」だけ言って、シェーンは言わないようだった。

ウィーンに着いて三日目、孫を抱いて街を歩いていたら、突然「ピシャー」と眼鏡と顔に何かが落ちてきた。瞬間的にハトのフンだ、と感じた。娘が大笑いしたあと、慌ててティッシュペーパーで、ふきとってくれた。

大勢歩いているのに、よりによって何で私に？　と思ったが、娘は「これでお母さんはウンがつき、これから先はいいことがあるかもよ」と言った。生まれて初めてのことで、忘れられないエピソードとなった。

「ノミの市」にも出かけた。ものすごい人で道路が埋まっている。前に進むのが大変だ。これではスリが多いはず。早速、三人のスリが警官に捕まり、連行されていた。まわりには大勢の警官がいて驚いた。女性の警官も多い。さすが、観光都市である。

店は両側に何百メートルも続いている。パン屋さんのパンの大きさに度肝を抜かれた。パンが主食の国だけに、直径が三十センチくらいの丸いパンや、六、七十センチもある長いパンが、壁中山積みしてある。思わず記念撮影をする。

衣類や果物、野菜、食料品、雑貨など、多種多様の店が並び、なかにはガラクタだけを集めたような店もあった。

私たちが通ると、日本人とわかるのか「こんにちは」と、声をかける店員もいた。人も多く子連れだったこともあり、ゆっくり見学できなかったのは残念だった。私は好きなレース類が目についたので、おみやげ用に数枚購入した。売り手は、中国系の人のようだった。

オーストリアは、ゲルマン系が九十%、他にハンガリー系など東欧系、ユダヤ系民族で構成されているとのこと。

宗教はカトリックが九十%、プロテスタントが五%くらいと聞いた。

面積は北海道よりやや大きく、気候も北海道と似ているという。八カ国と隣接し、人口は約八百十八万。首都ウィーン市は約百六十万。通貨単位はユーロ。

ウィーンの旧市街と「美しい泉」という意味のシェーンブルン宮殿は、世界遺産に登録されている。ここは、朝から大型バスが次々到着し、観光客で賑わっている。女帝マリア・テレジアが好んだというイエローの外観が、印象的だ。六百五十年にわたって、ヨーロッパに君臨したハプスブルク家の栄華の象徴の宮殿は、六歳のモーツァルトが演奏した部屋「鏡の間」もあり、またウィーン会議の際、「会議は踊る」の舞台となったところでもある。

部屋数千四百四十一室。ボヘミアンクリスタルのシャンデリア、豪奢な金箔を張った漆喰装飾、沈銀蒔絵や陶磁器の部屋と、まさに豪華絢爛とはこのことだ。見学できる部屋は約四十室。現在も大広間は、舞踏会やコンサート、国賓の晩餐会などに、使用されているとか。天井のフレスコ画があまりにもすばらしく、見とれてしまった。驚いたことに、宮殿の四階はアパートになっていて、市民が住んでいるという。

芸術ばかりでなく、音楽の都とも言われているウィーンでの私の一番の喜びは、ウィーン・フィルハーモニー管弦楽団の生演奏を、本拠地で聴けたことである。

毎年、元旦にニューイヤー・コンサートが、世界中に衛星中継される、あの楽友協会ホールの「黄金の間」のしかも、舞台と同じ高さの一階の前から二番目の特等席にあたるボックス席で、夢心地の約二時間を過ごせたのである。お陰で、貴婦人になったような気分を味わうことができた。

演奏は聞きしに勝るすばらしさ、すごい迫力で、胸にズシンと響き、一糸乱れずとはこのことと、大満足だった。

二千人入る大ホールは立ち見も多く、超満席。地元会員が多く、なかなかチケットが手に入らないそうだ。

私たちが行ったコンサートは、婿が早くからインターネットで申し込んでいて、運よく四枚とれた。初日は婿と娘、二日目は娘と私で、出かけた。

普段はスラックスばかりの私だが、この日のために持参した、白地に小さな黒バラ模様入りのワンピースを着ての外出。毎日三人の子育てに追われている娘も、この日ばかりは思い切りめかしこんでいた。

娘は二日も続けて聴けた、ラッキーガール。聴衆のマナーも最高、咳一つ聞こえない。指揮者は、「現代のカリスマ」と言われ、日本でも人気の高いモスクワ出身のワレリー・ゲルギエフさん。指先の微妙な動きと、何かに取り憑かれたような変化に富んだ身体全体の動作に、私の目は釘づけとなり、アッという間の二時間だった。

最後は指揮台の上で「ポーン」と飛び上がり、あまりの熱演に、ベートーヴェンの亡霊も舞台の横で、聴き入っているかのような錯覚をおぼえた。

おしゃれな紳士・淑女と至福の時間を共有できた嬉しさを、私は帰国した今も、ときどき時間を逆行させ、あの時間と空間と雰囲気を反芻して、楽しんでいる。それは、まさに私の心の中の宝物、という感じである。

演奏会は午前十一時からと、日本では考えられない中途半端な時間帯である。前日は、午後三時半からだった。

面白いことは、観客を舞台の上、すなわち楽団員と同じ場所で、聴かせることである。舞台の両脇のあいた所に椅子を並べ、座らせる。五、六十人はいるようだった。

娘と婿も、舞台の上の一番前だったとのこと。指揮者の顔や、近くの団員の楽譜まで、よく見えたと言っていた。

私が帰国して二十日後、ワレリー・ゲルギエフさんは来日され、NHK交響楽団を指揮された。お陰で私はテレビで再び、ゲルギエフさんに会うことができた。

音楽の話題では、平成十四年九月にウィーン国立歌劇場（オペラ座）の音楽監督に就任された、小沢征爾さんのことがある。ニューイヤー・コンサートの国際的な成功などで、文化面でのオーストリアの声価を高めたことが評価され、文化関係の勲章としては最高の勲一等十字勲章を、オーストリア政府から授与された。残念ながら、令和六年に亡くなられたが、この時は日本人の一人として喜ぶと共に、今後のますますのご活躍を期待したいと心から思った。

午後の時間帯があいたので、興奮冷めやらぬ私を、婿は中央墓地に案内してくれた。広さが二㎢の有名人を集めた墓地である。

映画「第三の男」のラスト・シーンに使われたという並木道の左側に、楽聖たちが眠る一角があった。

モーツァルトの記念碑を中心に、ベートーヴェン、シューベルト、ブラームス、シュトラウス父子らの墓が並んでいる。

墓地の入口の花屋さんで菊やカーネーションの花束を買い、婿はモーツァルトの記念碑に、私は偶然誕生日が同じ（十二月十七日）ということで、ベートーヴェンの墓前に供えた。墓石の前側には三色スミレが植えられ、風に揺らいでいた。

日本人の名前の墓も一つ気がついた。「服部」という姓だったが、どんな功績の方なのかわからない。

翌日も、「ベートーヴェンの散歩道」に出かけた。十月のウィーンの森はどこも紅葉というよりは黄葉し、枯れ葉のじゅうたんが一層風情を増していた。

樹々に夕陽があたり、その木漏れ日が作りだした光と影の散歩道は、まるで天国に続く道のように、美しく輝いていた。

夕方だったせいか、散歩道は私たち家族だけで、しんと静まり返り、休憩地のベートーヴェンの胸像の前で、記念写真に納まった。

ベートーヴェンが「田園」を作曲するもとになったという小川の流れる小道を歩きながら、クリや落ち葉を拾ったりして、ウィーンの秋を十分楽しんだ。

公園では、地元の子どもたちとシーソーに乗ったり、ブランコをこいだりして、久しぶりに童心に還った。

近くには、聴覚疾患で絶望的になったベートーヴェンが、二人の弟に対し「遺書を書いた家」があり、ピアノも置かれていた。

鍵盤は、さわらないようにガラスで被われていたが、私が見学ノートに記帳している間に、孫の一歳の男の子が「ピーン」と音を鳴らしたのには、驚き慌てた。幸い見学者が二、三名と少なく、咎められることはなかった。うちでときどきピアノで遊んでいたため、つい手が出てしまったのだろう。これも、忘れられない思い出となった。

別室に、デスマスクや髪の毛まで展示してあり、ベートーヴェンという偉大な人が、急に身近に感じられた。

日本人観光客のために、日本語に訳された遺書の冊子を購入し読んだが、芸術家としての苦悩の心情に、涙を誘われた。

二人の弟に、「子どもたちには、徳こそが幸福をもたらすものであるから、徳をすすめなさい」と助言している。また、お金ではなく、徳と芸術が自分を自殺の危機から守ってくれたと、感謝していた。

夜は、ベートーヴェンが住んだことがあるという、現在は居酒屋になっている家で、ワインを飲みながら晩食を楽しんだ。

ウィーン料理といえば、仔牛肉のカツレツ、ウィンナーシュニッツェル。シュニッツェルとは、薄く切って叩いた肉を揚げたものである。ギターやヴァイオリン、アコーディオンなどの生演奏もあり、会話を一層はずませる。陽気におしゃべりしているうちに、ホイリゲ（「今年の」という意味のドイツ語で、今年できた新しいワインのことを指すと同時に、そうしたワインを飲ませる酒場のことも意味する）での夜は、瞬く間に更けていく。

帰り道、バス停まで歩いていると、一歳の男の子が「ムーン」と言って、空を指差した。見上げると本当に満月が、澄んだ秋空に輝いていた。ウィーンで見る初めての満月、しかもベートーヴェンが住んでいた家からの帰り道、まさに「月光」の曲が連想された。と同時に、私の耳もとで「月光」のピアノの音が、静かに鳴り始めた。

ドイツで生まれたベートーヴェンだが、ウィーンに憧れ、二十二歳の時から五十七歳で亡くなるまで、三十五年間ウィーンに住んだという。その間、八十回以上引っ越しをしたと言われている。

交響曲の「英雄」や「運命」「皇帝」などの数々の名曲を生んだ彼の葬儀には、約二万人の市民が参列したという。ちなみに、彼が亡くなって令和六年で百九十七年になる。

先日、新聞で面白い記事を読んだ。それは、モーツァルトについてのことだが、ドイツとオーストリアが、モーツァルトの生誕地についてお互いに自国を主張し、どちらも譲らない、ということだった。ドイツ側に言わせると、当時、オーストリアという国は存在していなかった、ということらしい。はたして結論は、どう出るのやら……。

「せっかくオーストリアに来たのだから、モーツァルトの生誕地を見てみたいね」という私の一言で、婿の休みの週末を利用し、ザルツブルクに行くことになった。

ザルツブルクとは、「塩の城」という意味で、ドイツとの国境に隣接している。紀元前から塩の交易で栄え、ローマの植民地として、ローマ文化とキリスト教の影響を受け、「北のローマ」とも呼ばれた。

中世バロック形式の建築物は、十七世紀に作られ、旧市街が、世界遺産に登録されている。近代では、毎年夏に開催されるザルツブルク音楽祭や、映画「サウンド・オブ・ミュージック」の舞台となった所として、有名である。

ウィーンから飛行機で約一時間。着いたのは夕暮れ時だった。風も冷めたく、近くに迫る山並の頂上は、残雪で白くなっていた。

空港の売店で、早速絵ハガキを購入した。日本円になおすと、三十枚で約二千円。ホテルは、チョコレートケーキ「ザッハートルテ」で知られる「ザッハー」。ロビーなど驚くほど広くはない。むしろ狭くて、家庭的な雰囲気だ。

制服姿のスマートなボーイさんが、エレベーターで四階の部屋に案内してくれた。私は六カ月の赤ちゃんとシングルルーム、娘たちは親子四人ツインルーム。

部屋に入ってホッとしかけていると、「トン・トン」とノックの音がして、メイドさんが入ってきた。ドイツ語で、なんとかかんとか言っているが、こちらは、さっぱりわからない。ベッドを整え、カーテンを閉めて、さっさと出て行った。

まさか、すぐメイドさんが部屋に入ってくるとは、思わなかった。以前一泊したウィーンのホテルでは、そういうことはなかったので、慌ててしまった。むこうはサービスのつもりかもしれないが、「これは、ちょっといただけない」と、内心思った。

こちらは、赤ちゃんを抱いていて、チップどころではない。今先、ボーイさんにチップを払ったばかりである。

隣りの娘の部屋から、メイドさんのかん高い嬉しそうな声が聞こえてきた。行ってみると、娘が「チップをはずんだら、メイドさんが喜んで、モーツァルトのチョコレートを二人の子どもに一個ずつくださったのよ」と言う。さすがモーツァルトの生誕地、ホテルのメイドさんまで、モーツァルト商標のチョコレートをエプロンのポケットにしのばせ、宣伝に使っている。

部屋の調度品は豪華で優美。カーテンは、落ち着いたモスグリーンにピンクの花柄。クッション、椅子まで同柄で統一され、センスのよさが感じられる。椅子の両側にもたっぷりフリルを使い、初めて見るデザインに興味津々。ゆったりと座ってみた。とても座り心地がいい。

サイドテーブルには小さなチョコレート数個と、歓迎の手紙が置かれていた。きちんと手描きで○○様と記してあり、ずいぶんあちこち国内外のホテルを泊まり歩いた娘夫婦も「こんなに念の入った挨拶状は、初めてよ」と、それは記念に持ち帰ることにした。文面はドイツ語ではなく英語だった。

カーテンを少し開け、外の景色を覗いてみる。すっかり日が暮れていた。すぐ目の前に、教会らしい大小のグリーンのドームの建物がいくつも見え、雨に濡れた道路が、街灯で光っている。横文字が入った電車やバスが走り、広い橋を人々が行き来し、左手の小高い丘には雑誌で見たことのあるお城が、そびえ建っている。ここは間違いなく異国、という実感が湧いてきた。

夕食は、ホテル内のレストランでいただくことになり、私はハンガリー風郷土料理を注文してみた。ビーフシチューのようなもので、その味といったら、思わず「鹹《から》い！」と口走るほどだった。いくら、塩の豊富な歴史の街とはいえ、サービス過剰でがっかりした。料理は、「塩に始まり、塩に終わる」と言われているが、私の舌には合わなかった。子ども用にとったフライド・ポテトは、おいしかった。

ザッハートルテのお膝元で、それを食べない手はないと、食後に紅茶と共に、注文した。真っ白な生クリームを脇に飾ったそのケーキは、適度な甘さで満足できた。

以前、日本で注文して取り寄せたそれは、甘すぎて食べられるものではなかった。きっと腐らないように、砂糖を多めに使っていたに違いない。特に夏場は、冬の二倍の砂糖を使うと、お菓子屋さんに聞いたことがある。

レストランからの帰り道、廊下の両側に有名人の写真入り額縁が、掛けられているのに気がついた。その数ざっと二百人近く。写真の大きさも額縁の色も、さまざまである。最初に目についたのは、日本の天皇・皇后両陛下のお写真。おそらく両陛下のために焼かれたであろう丸いケーキを両手で持ったコックさんを中心に、ホテルの社長とそのご家族らしき二人を加え、総勢六人で写真に納まっておられた。美智子皇后は、着物を召していらっしゃった。

そのすぐ横には、当地ザルツブルク出身の今は亡き指揮者のカラヤン氏。その他、アメリカの前大統領、クリントン氏とそのご家族。ダライ・ラマさんや俳優、音楽家たちが、ズラリと並んでいる。なかには、サイン入り写真も……。日本人では、ピアニストの内田光子さんお一人だけのようだった。

両陛下は、平成十四年七月のヨーロッパご旅行の時の宿泊と、思われた。ちなみに、ウィーンでの両陛下の御宿泊先は「ホテル・ザッハー」ではなく、約百三十年前に建てられた公爵の館を迎賓館兼ホテルとした最高級の「ホテル・インペリアル」であられたそうだ。料金も普通のホテルの二倍以上するらしい。

当然のことながら、私たちは両陛下がお泊まりになられたホテルなどとは、知らずの宿泊だった。

美智子皇后に関するエピソードをもう一つ。ウィーンの磁器工房「アウガルテン」はその名を世界中に知られているが、そのティーセットをお買いになられたという。私たちが店に行った時、日本人の店員、カルナー・志津子さんから伺った。赤や緑のバラの花模様ではなく、皇后のお好きな忘れな草の模様入りを買われたという。その後、忘れな草のティーセットを買う日本人が多い、ということだった。

部屋に戻ると喉が乾き、水道水を思い切りゴクゴク飲んだ。その冷たくて、おいしかったこと！　こちらの水は、アルプス山脈の湧き水を利用しているので飲んでもよい、と以前ある雑誌で読んでいた。しかし、硬水のためか、二、三日後胃にチクチク痛みがやってきて困った。やはり外国では、ペットボトルのミネラル・ウォーターを飲んだ方が安全なようだ。

外国の水は、炭酸ガス入りが多く、購入の際は注意が必要だ。日本でも販売されている「エビアン」というのが、私にはおいしく感じられた。

一日目は早起きして、アルプスに囲まれた古都、インスブルックに足を延ばした。急行列車で約二時間。途中何キロにも及ぶ牧場の雄大な風景は、見事という他ない。

右側を見ても、左側を見ても、「ほら、またあそこに牛が……」という会話の連続だった。のどかで牧歌的ながら、酪農の充実さが、うかがえる。必ず村々には教会があり、その信仰深さも想像できた。

冬季オリンピックが二度も開催され、「イン川に架かる橋」という意味のこの町の人口は、十二万八千人。マクシミリアン大帝や、マリア・テレジアに愛され、三千メートル級の山々が連なり、美しいゴシック建築で飾られた街。

すぐ近くに雪を頂いたアルプスの山々が迫って見え、冬はスキーヤーたちがスキー靴のまま路面電車に乗り込み、夏はリュックを背負ったアルピニストで、賑わうのだという。

私たちが行った日（十月二十六日）は、ちょうど建国記念日にあたり、インスブルックのシンボル、黄金の屋根（マクシミリアン皇帝が、広場で行われる行事を見物するために、一四九四～九六年に作らせたもので、二千六百五十七枚の金箔を張った瓦からなる屋根）の下の入口で、男女四人が合唱していた。五百年以上たっているのに、金の屋根は健在だった。

路上の脇のカフェーでは人々が休息し、コーラスに耳を傾けている。しばらく立ち聴きしていた私たちも、彼らが歌い終わると拍手をしたが、犬も拍手のかわりのように

「ウォーン・ウォーン」と叫び、それが人々の笑いを誘い、和やかな雰囲気になり、とても印象に残った。

旧市街は、おみやげ店がずらりと並び、目を楽しませてくれ、私もチロリアン風の布の組み立て式パンカゴを、数枚購入した。

街を歩きまわり、喉が乾いたので皆で街角に立って、アイスクリームを食べたのも思い出の一つとなり、建国記念日のため、チロル風の民族衣装を着た老若男女を大勢見かけることができたのも、幸運だった。

聖ヤコブ教会のバロックの内装は、金銀の装飾でまばゆいばかり。思わず「これは、すごい！」と声を発した。婿は、パチパチと写真撮りに忙しい。ルーカス・クラーナハの聖母像や天井画が、実にすばらしい。どこの教会もそれぞれに美しいが、私の見た中ではこの教会が一番、と感じた。

宮廷教会には、ハプスブルク家ゆかりの等身大以上の像が二十八体も並び、教会というより美術館という感じで、威圧感を憶えた。

次にタクシーで行ったのは、クリスタルで有名な芸術村。ビーズやラインストーンで人気が高いスワロフスキーの製品が、展示されている。

インドのマハラジャが所有していたクリスタルの巨大な置物や、三十万カラットという世界一大きなクリスタルもあり、幻想的な世界を演出している。ここは人気があるらしく、観光客であふれていた。

クリスタルのアクセサリーや、多種多様の動物、楽器、乗り物などをモチーフにした透明の美品が、飛ぶように売れている。

私は何も買わなかったが、買物好きな娘は、アクセサリーや本などを購入していた。

ジャイアンと呼ばれている緑に覆われた巨人の顔の口から流れ出す滝の部分は、日本のテレビコマーシャルにも登場し、見覚えがあった。

二日目は、ヴァイオリンを弾いている幼いモーツァルト像に出会える人口三千七百人の小さな湖畔の町、ザンクト・ギルゲンに出かけた。バスで五十分。途中から地元の小学生の男女十数人が、乗り込んできた。孫の二歳の女の子が、彼らにはめずらしいらしく、乗っている間中、穴があくほど見つめられた。近くに座った女の子に、英語で話しかけてみたが、通じなかった。彼らにとっては、初めて見た東洋人の子どもだったのかもしれない。降りる時、ニコニコ笑いながら、「バイ・バイ」と手をふっていた。

このバスには、一歳の男の子の靴をぬがせて座らせていたため、私が降りる時に抱いて降りてしまい、靴をバスに忘れてしまった。そのため、あとの見学中ずっと娘と私が交代に男の子を抱くはめとなり、散々な目に遭った。

なだらかな坂道を登ったり下ったりしていると、思いがけなくモーツァルトの母の生家の白い壁の家の前に出た。普段は内部をモーツァルトの展示室として公開しているらしいが、運悪く週末で休みだった。ここには、モーツァルトは一度も訪れたことはなかったという。

まわりの家並や花々が目が覚めるように美しく、「まるで、おとぎの国にまぎれこんだようね」と娘と話す。

湖にはヨットが浮かび、白鳥や鴨などが泳いでいる。変化に富んだ向かいの山並の峰々も、すばらしい。

十月の末はシーズン・オフなのか、観光客は、ほとんど見かけなかった。

千五百二十二メートルの展望台（十二使徒山）へのロープウェイは、赤と黄色のボックスが十台以上も無人のまま、行ったり来たりしている。日本ではたいてい上下二台ぐらいだから、そのスケールの大きさがわかる。

私たちは、家族六人で一台に乗り込んだ。時間は十六分。

頂上からの眺めは、息をのむような絶景。何しろ山々の間に、湖と村がいくつも点在しているのだから……。

黄葉の美しさと光と影の織りなす遠景の山々の微妙な色合いは、言葉では表現できそうにない。「すごぉい！　すごぉい！」を繰り返し、写真に納まるばかりの私だった。

バスでザルツブルクに引き返し、モーツァルトの生家のある旧市街や、ホーエンザルツブルク城を見学した。こちらは大勢の人で賑わっていた。

外国のお城を見るのは初めてだった。一〇七七年に着工され、増改築が繰り返され十七世紀に完成。保存状態もよいのだそうだ。

中庭には大木が植えられ、建物は四方から監視できるようになっている。城塞からは、ザルツブルクの街並が一望でき、戦争に使われた台砲も昔と同じ位置に残されていて、皆興味深そうに覗いたり、撫で回したりしている。

現在は音楽会場や博物館、レストランなどに使われているとのことで、その商魂のたくましさには、ウィーンの宮殿なども同じく、驚くばかりである。毎日のように、コンサートが開かれているのだそうだ。

街を歩けば、カツラをかぶり、モーツァルト時代の服装をした人に、音楽会の切符を見せられ、誘われる。

お城の下の広場では、巨大なチェスに興じる人々の姿があり、あちこちでヴァイオリンやチェロ、フルートなどを演奏しているストリート・ミュージシャンも多いし、とにかくオーストリア人は、人生を楽しんでいると感じた。

ホテルに帰り部屋に入ってみると、サイドテーブルの上に小さな紙片に何やら書かれた文が、置かれている。英語で、十月の最終日曜日の午前二時の今日でサマータイムが終わるので、三時になったら時計の針を二時に戻すようにとの、内容だった。つまり、冬時間に入り、日本との時差は今までの七時間から八時間になりますよ、ということである。これもちょうど節目に当たる日に宿泊でき、思い出の一つとなった。

明け方早起きし、カーテンを開け外を覗いてみると、星が大きくダイヤモンドのように輝いている。うっとりして、しばらく見とれていた。異国で見る星は、格別である。まぶたに焼きつけてから、カーテンを閉じた。

ウィーンでは雨と曇りの日が多く、一度も星を見ることができなかった。住まいはガラス張りで、毎日空を眺めていたのだが……。虹は二回見ることができた。太くて大きなアーチだった。

帰国が迫った日々も家族六人で、連日出かけた。何しろ住居のすぐ目の前が地下鉄の駅なので、夕方からでも気軽に出かけられる。

ウィーンはニューヨーク、ジュネーブに次ぐ三番目の国連都市である。ドナウ本流沿いの未来都市のような建築群は、電気のつく夜の方が美しい。現在、国際原子力機関（ＩＡＥＡ）、石油輸出国機構（ＯＰＥＣ）などが、入っているという。

百五十メートルの高さの展望テラス、ドナウ塔からは、夜景を眺めた。オレンジ色の光で統一されたウィーンの街の上品さ、さすが芸術の都、と感心する。

映画「第三の男」に出てきた大観覧車にも乗った。ひとつのゴンドラの大きさがバスぐらいあり、驚いた。直径六十一メートル、高さ約六十五メートル、一八九七年、英国のW・バセットの設計だそうだ。

路面電車に乗って、フンデルトヴァッサーハウスも見に行った。レストラン、カフェがあり、五十世帯が入居している。市営住宅のため内部は見学できないが、曲線だけ使ったデザイン、ブロックごとに塗り分けられたピンク、黄、紫などのカラフルな壁面、丸い王冠型の屋根、傾いた廊下など、個性的でユニークな建物だ。以前、テレビで見ていたせいか、懐かしい感じがした。

通路なども平坦ではなく起伏がつけてあり、十三ある庭テラスには、樹木や草花などが植えられている。

オーストリアが生んだ、この幻想派の天才画家フンデルトヴァッサーは、他にも毎年二十五万トンのゴミが処理されるゴミ焼却および地域暖房施設の設計デザインも、手がけている。

日本では「百水」という雅号で有名だったそうだ。とにかく奇抜で、常識では考えられない色、デザインだ。

そういう建物が現に教会をはじめ、高速道路のサービスエリア、遊覧船など、オーストリアにいくつもあるということが楽しく感じられる。

「人間はもっと自然と親しまなくてはならない。人間はもっと自然から多くのことを学ばなければならない。なぜなら人間にとって自然こそが唯一の教師であるからです」との言葉を残して、残念ながら平成十二年に亡くなられた。

母国へのプレゼント、ブルマウ温泉リゾートは、「自然との共生」がテーマの「夢のパラダイス」。子どもから大人まで楽しめるというので、開業前から多くの視察者が訪れたという。今回は行けなかったが、次回にぜひ行きたい場所の一つだ。

滞在最終日には、ハプスブルク家が六百五十年間住まいとした王宮に行き、観光馬車フィアカーに乗った。あちこちの観光スポットで乗れるようになっている。私たちは、近くの通りを二十分間ほど、まわってもらった。

馬そのものの背ではないが、初めての経験である。白馬の二頭だてに真っ白な馬車、王女さまになったような気分だった。街行く人々が、チラリとこちらを見る。パカパカとリズミカルな蹄の音が路地に響きわたり、まるで映画の一シーンのような錯覚にとらわれた。

「気持ちがいいねェ」と娘と会話を交わす。

馬車を降りて、王宮の庭園を回り、あちこち散策していると、目の前に馬に乗った兵士の像に囲まれた、大きな高い像が現われた。これこそが、かの有名なフランスのルイ・十六世に嫁いだマリー・アントワネットを含む十六人の子どもを産んだ女帝マリア・テレジアの像だった。

「とうとう最後にお会いできましたね」と私は心の中でつぶやいた。というのは、私の洗礼名がマリア・テレジアだからである。まさか、同名の人の銅像にめぐり逢うとは、夢にも思っていないことであった。とにかく、ウィーンという街にも行けるチャンスがあるなども、思っていなかった。これは一体どういうことなのだろう。

人生は、ある日突然何かが起こる、という証しなのだろうか。良いことも、悪いことも……。本当に、ウィーンでの一カ月の滞在の最終日だった。それも夕暮れて、空には三日月がかかっていた。

最後の最後まで、ウィーンの街を歩き回った。地下鉄を始め、すべての乗り物にも乗ってみた。ただ子ども連れであったため、美術館や博物館をゆっくり見学できなかった。

十年住んでいる人でも全部は見られないといわれる、国全体が世界遺産のようなオーストリアに、団体旅行ではなく一カ月過ごせたことは、幸運に違いない。娘夫婦に感謝して、一人機上の人となった。

機内で一カ月ぶりに見た日本の新聞が、新鮮だった。

二度目のウィーン

平成十四年十一月、一カ月過ごしたウィーンから一人帰国し、八カ月後の平成十五年七月、再びウィーンに行くことになった。婿のウィーン大学での留学が、半年延びたからである。

四月末、娘一家五人も再手続きのため、一時帰国した。一度きりと思っていたウィーンに、再度行けると決まった時、私はある一つのことを決めていた。

それは、初めてヨーロッパの伯爵家に嫁いだという明治生まれの日本人女性のお墓参りである。

十数年前、ＮＨＫがその女性について、何回かのシリーズで放送したことがあった。女優の吉永小百合さんが伯爵夫人に扮し、さまざまなデザインと色とりどりの貴族の衣装を着て、私たち女性の目を楽しませてくれた。

幸い、私の近所に住む親戚の女性が、当時のビデオテープや本、雑誌の資料などを持っていらして、今回ウィーンに行く前に、それらを見せていただいた。

また、タイミングがいいことに、女優の吉行和子さんが平成九年に三越劇場で演じたひとり芝居、「MITSUKO―世紀末の伯爵夫人―」が四月、衛星放送で再放送され、それも見ることができた。吉行さんはこの芝居で田中絹代賞を受賞されたそうだ。

旧姓青山みつ。のちのクーデンホーフ・光子。光子さんは、明治七年東京牛込生まれ。実家は、油屋兼骨董屋。実家近くにオーストリア・ハンガリー帝国の公使館があり、そこに赴任してきたハプスブルク王朝に仕える伯爵家の総領息子〝ハインリッヒ・クーデンホーフ〟と知り合い、親の猛反対を押し切って結婚。東京で二人の子どもを出産し、二十一歳で欧州に旅立つ。その後、五人の子どもを出産、四男三女の子宝に恵まれるが、四十六歳で夫が心臓発作で急逝。十四年間の結婚生活。三十一歳の若さで未亡人となる。

それから友人、知人一人もいない異国での苦難が始まる。莫大な財産問題で、夫の親族との葛藤、子どもたちとの確執、懊悩を経て、五十一歳で脳卒中で倒れ、右半身が不自由となる。晩年は、独身だった次女オルガさんと過ごすが、二度目の発作で六十七歳で死亡。

そんな光子さんのお墓が、ウィーンにあるという。シェーンブルン宮殿の裏手にある、ヒーツィンガー・フリードホフの墓地。

日本の観光案内の雑誌には載っていないため、ほとんどの人が知らないのだそうだ。

明治七年生まれの光子さんは、私の父方祖母が明治十一年生まれで、ほぼ同世代にあたる。私は光子さんの人生を祖母の人生と重ね合わせ、異国に嫁ぎ波乱の生涯を送った光子さんに深い関心をもった。

光子さんの眠る墓地は広すぎて、どこから捜してよいか迷った。娘、婿、私とそれぞれ違う方向に別れ、ぐるぐる捜し回るが、なかなか見つからない。私は心の中で「光子さーん、どこにいらっしゃるんですかァ」と叫びながら、歩き回った。

手がかりは、丸い聖母子像のレリーフ（浮き彫り）。二、三の丸いレリーフに気が

クーデンホーフ・光子さんのお墓

ついたが、よく見ると中の絵が違う。少し休憩しまた捜し回るが、見つからない。

あきらめて帰ろうかと歩み進んでいくうちに、突然私の目の前に白い丸い聖母子像のレリーフが現れた。

私は「これじゃないの⁉」と一瞬興奮し、墓石の文字を読んでみた。一番下の段に、マリア・テクラと光子さんの洗礼名が彫ってあり、その横にミツ・クーデンホーフ（一八七四年、七月七日東京生まれ、一九四一年、八月二十七日ウィーンのメードリンクで死亡）と、ドイツ語で記されている。これは、光子さんのお墓に間違いない。

「見つかってよかったねェ、お母さん」と娘が喜んでくれる。腕時計を見ると、午後三時十分前だった。途中スコールのような雨で一時中断したものの、昼前から三時間かかったことになる。

早速、家族全員で頭を下げて、光子さんの冥福を祈った。その後、お墓をバックに記念写真も……。

墓石の横に置いてある金色の花瓶には、真夏のせいか一本の花もなく、誰が置いたのか手前の方に、赤いシクラメンの小さな鉢が一個だけ置かれていた。

四十五年間、一度も里帰りできなかった光子さんの生涯を思い、涙がこぼれる。

明治二十九年四月、光子さん一家は横浜港から船や汽車、馬車を乗り継いで、三カ月もかかって夫の故郷ドイツ国境近くの町、ボヘミア地方・ロンスペルクに着いたという。秋までの休暇の予定が、夫が外交官を辞め、ロンスペルク城にとどまり、領主として領地経営に専念することを決意したため、帰国できなくなったらしい。次々に子どもを身籠ったことや、戦争による環境の変化も加えられるに違いない。

現在は、飛行機で十二時間。帰ろうと思えば、いつでも帰れる時代になった。

光子さんの七人の子どものうち東京生まれの次男、リヒャルトさんは、ＥＵ共同体の基本理念となる『汎ヨーロッパ』を一九二三年に発表、ノーベル平和賞に三度もノミネートされたそうだ。

しかし、未成年の時に光子さんと友人だった十八歳年上の有名女優と恋愛、その後結婚し、光子さんの怒りを買ったが、のちに和解。何度か来日し、勲一等瑞宝章も受けている。

長女のエリザベスさんは、法学及び経済学博士であられたが、独身のまま三十八歳でパリで急死。逆縁となり、光子さんと同じ墓地に眠っている。

三女のイダさんは、カトリック作家。現在は、七人の子どもさん全員が亡くなり、三男の子どもで画家のミヒャエルさんが、日本人女性と結婚し、ウィーンに住んでおられるという。

華やかなヨーロッパの社交界で、「東洋の花」ともてはやされた反面、第一次世界大戦に二人の息子が参戦、その心労は大変なものだったに違いない。

晩年は、孫のマリナさんを可愛がり、次女のオルガさんに、回想録を口述筆記させている。私は帰国してから『クーデンホーフ光子の手記』を注文し、読んだ。シュミット村木眞寿美さんという方の編訳である。初版は一九九八年八月となっている。

その手記によると、光子さんは夫と一緒にアメリカやオーストラリア、シンガポール、セイロン、エルサレムなど、世界中を旅行している。東京を発ってから、十九年目に回想し始めているようだ。幼くして父を亡くした下の子どもたちに、日本出発から夫の死に至るまでの思い出とエピソードを綴っている。

光子さんは絵が得意だったらしいが、和歌も何首か詠んでいる。望郷の念にかられながら、詠んだであろう短歌の二首。

身はたとえドナウのほとりに朽ちぬとももとどめおかましやまとごころを

年老いて髪は真白くなりつれど今なお思うなつかしのふるさと

夫と同じ墓地にという遺言もかなわず、夫はチェコ・ボヘミアに眠っている。

一方、光子さんと同時代を生きた私の祖母〝白浜ワカ〟は平成四年六月、百十四歳という長寿を全うし、その生涯を閉じた。当時、日本一の年齢だった。テレビのニュースで祖母の死を知った私は、夫の転勤で当時住んでいた種子島から、祖母の住んでいた宮崎県都城市に向かった。祖母は光子さんより、四十七年も長生きしたことになる。

光子さんのことはまだまだ書き足りないが、次に進むことにする。

光子さんのお墓のすぐ近くに、ウィーン近代美術の最高峰に位置している画家のグスタフ・クリムトのお墓もあった。

前日、クリムトの作品をベルヴェデーレ宮殿、上宮二階で鑑賞していたので、ついでにお参りする。これが本当にクリムトのお墓？　と疑いたくなるような質素さに驚いた。ただ四角の石、それも一メートルにも満たない小さな石に、上下二段に分けてアルファベットで、グスタフ・クリムトと彫ってあるばかりである。文字の中は金箔が施されていたが、両脇には造花が供えられていた。シンプル・イズ・ザ・ベストなのかもしれない。

クリムトの作品は、特に印刷されたものとは全く感じが違う。ある作品は、金箔や銀箔を使い、立体感や重量感をだしていて迫力があり、まさに「百聞は一見にしかず」の感を強くした。

一方、数々の歴史に残る建物を設計した、建築家のオットー・ワーグナーのお墓は、敷地も広く、六本の丸い大理石の柱の上下に鉄製のおしゃれなデザインが施され、「さすがァ」と感心させられた。

光子さんのお墓を捜すため、足が棒になるほど歩き回ったお陰で、さまざまな形のお墓を見ることができた。実に、それぞれが個性的であった。「百人百様」という言葉を思い出した。

特に目立ったお墓に、まだ生存中の四十歳の建築家のもので、ピンク系や赤で明るくまとめた七宝焼の墓石があった。芸術的で、いいなと思った。

樹木がたくさん植えられ、墓地というより公園のようにも感じられた。休憩用のベンチも、あちこちに置かれている。

お参りする地元の人、五、六人と出会った。そのうちのお一人だったのかわからないが、私が娘たちとはぐれ、ウロウロ回っていると、どこからともなく現れて、美しい英語で「何か私にお手伝いできることは?」とたずねられた。七十歳ぐらいのブルーの瞳の上品な婦人だった。

「娘一家とはぐれて、捜しているのですが……」と伝えると、二、三私に質問したあとで、「私が捜してきますから、あなたはこの場所にいてください」と言って、約四十分くらい捜してくださった。

結果は、見つけられず「残念ですが、お役にたちませんでした」と告げて、墓地から出て行かれた。

それにしても、「親切だなァ」と私はこの異国で受けた行為を、決して忘れないだろうと思った。帰国した現在も、この婦人の顔をときどき思い出して、心の中で「あの節は、ありがとうございました」と手を合わせている。異国で受けた親切は、心の宝物だ。

墓地の近くには、動物園もある。私はまだ本物のパンダを見たことがなかった。

娘一家は、以前はるばる南のオーストラリアから夫婦で遊びにきた友人たちと一緒に見たそうだが、今回も私に付き合ってくれた。

パンダは想像していたより、やや小さめだった。二頭が別々の部屋に飼育されていた。一頭は、座って竹を上手に口で裂きながらムシャムシャ夢中で食べ続け、もう一頭は、猫のようにゴロリと横になって寝ていた。

耳、目のまわり、背中の一部と手足が黒く、やはり珍獣に属するのだろうなと、そのユーモラスな風貌にしばらく見とれていた。

熊や狼もジャングル風の山を囲い、放し飼いにしてあった。フクロウも鳴き声だけは聴いたことがあるが、本物を間近で見るのは初めてだった。

日曜日だったせいか、園内は家族連れで賑わっていた。

近くのシェーンブルン宮殿内の一隅には、パリ万博の時に作られたという日本庭園があった。深い緑の中に埋もれて放置されたままだったらしいが、ある日本人が発見し、日本の職人の協力を得て修復、約五年前に公開されたという。「枯山水」と名付けられ、竹や石を巧みに使い、砂礫につくばいも配置され、一部の外国人の興味をひいていた。

今回はオーストリアから脱出し、隣国のチェコとスロバキアに行ってきた。昔はチェコスロバキアという一つの国だったが、現在は別々になっている。

チェコの首都、プラハまで列車で四時間半。列車に乗ると、すぐ切符とパスポートの検査に来る。青いシャツにモスグリーンのズボンの制服を着た検査官のズボンのベルトには、ピストルと手錠がしっかり取り付けてある。女性の検査官もいる。いざ、という時のためか、一人ではなく二人で回ってくる。警察犬も乗っていた。

列車が国外に入ると、再度検査に来る。列車内のものものしい雰囲気とは対照的に、外の景色は大地が果てしなく広がり、雄大だ。

小さめのヒマワリの花が、見渡す限り植えてあり、黄色のオン・パレードだった。

迎えにきていたホテルの真っ赤なバスで、「ホテル・プラハ」に到着。一日目は、ただ宿泊するだけとなる。

ホテルの入口には、二十カ国の旗が立てられていたが、日の丸はなかった。ガラス製品の王国らしく、ロビーのシャンデリアの大きさとデザインの美しさには、目を奪われる。広い階段は、見事な大理石。

百二十四室あるという部屋に入ってみると、これがまた広いこと。娘たちの住まいより広い。応接間とベッドルームが別々で、ベビーベッドまで置いてあった。

浴室も、一センチほどの小さなうす茶色のタイルが芸術的に配置され、独得の異国情緒の漂う雰囲気で、ぜいたくな広さである。なぜか、トイレも二カ所ある。

各部屋前庭つきで、正面のかなたにはプラハ城がそびえ建ち、景観もすばらしい。さすが、五つ星ホテルである。

夕食は、ホテルのレストランでいただいた。

チェコ料理といえば、ロースト・ポーク。豚肉を部厚く角切りにして焼いてあり、オリーブ、ソースと共に、なかなか味はよかった。

ワイングラスをはじめ、すべてのグラスに天井のシャンデリアの光が小さな花模様の金粉みたいに反射していて、それが演出なのか自然なのかわからないが、その美しさが忘れ難い。

夕食をすませ部屋に戻っても、しばらく日が暮れない。何と十時前まで明るかった。

朝日はウィーンの娘の住まいで見、夕陽はチェコのホテルで、という一日になった。翌朝、またホテルのバスで、プラハ城前まで送ってもらう。朝から観光客で賑わっている。道路はすべて石畳。広場には、出店がいっぱい。つい、のぞいて可愛らしい香水入れを、おみやげ用に五個購入する。

お城の門の入口には、淡いブルーの儀礼服の衛兵が、両脇に直立不動で立っている。どこかで見たような顔だと思ったら、観光案内の本に載っている写真に写っている人と、同一人物だった。姿勢はいいが、目玉だけはキョロリと動かし、横目をする。若いだけに、美しい女性を見るとつい、自然とそちらに目が行くのだろう。記念写真を撮る人が、次から次に衛兵の横に並ぶ。もちろん、私たちも並んだ。できあがった写真を見てみると、衛兵さんの目は、立派な横目だった。

正午になると、音楽隊のファンファーレをともなった大々的な衛兵の交代式が始まった。赤い制服の音楽隊は七人。二階の窓際から立って演奏し、ブルーの衛兵は二列に並んで中庭を行進する。見物客が幾重にも取り巻いていた。

プラハは、大戦の被害をほとんど受けなかったということで、中世の街並みが数多く残っていて、ヨーロッパでも有数の景観を誇る街だそうだ。

建築様式はゴシック、バロック、ルネッサンス、ロマネスクとさまざま。宮殿や教会が点在し、「百塔の街」「ヨーロッパの宝石」とも呼ばれているという。

教会の中のステンドグラスの見事さは、圧巻だった。今でも目の前にちらついている。

約六百年前、六十年かけて完成させたというプラハ最古のアーチ型石橋のカレル橋は、ゴシック様式で全長五百二十メートル、幅は約十メートルもある。両側の欄干には、三十体もの聖人像が並んでいる。日本にキリスト教を伝えたフランシスコ・ザビエル像もあった。

橋の通りは、似顔絵書きや、みやげ物売り、音楽隊などで大賑わい。婿は、演奏しているグループのＣＤを記念に購入していた。

世界中から観光客が集まってくる橋の上は、まさに人種のるつぼ。橋から眺める風景は、ヴルタヴァ川のおおらかさと、プラハ城を中心とした絵のような建物で、この世の憂さを一瞬忘れさせてくれる、非日常の世界だ。

写真は部分的にしか写せないので、やはりその雰囲気と景色は現場に立たなければわからない。スケールが大きく、千年の都プラハは本当に美しい。おとぎの国のようだ。

スメタナやドヴォルザークという偉大な音楽家を生み、モーツァルトに愛された音楽の都。作家のカフカの住居跡も、あるらしい。

一方、ボヘミア・ガラスは美しいカッティングで、チェコを代表する芸術品。歴史と伝統を誇る最高のガラスメーカー「モーゼル」で、義弟のおみやげ用にウィスキーグラス二個を購入する。

なぜか、私は昔からレースとガラスが好きだったが、現在は物を増やさないよう心がけているため、自分用には買わない。本場の店で、心ゆくまで美しい製品に見入った。

店には、日本人の女性店員もいた。それだけ日本人の観光客が多い、ということだろう。

中世の佇まいを残す旧市街を歩き回り、疲れた私たちは川岸の外のレストランで、川に泳ぐカルガモを見ながら、休息した。クレープ付きコーヒーが、日本円に直すと二百五十円と安かった。

二日目のプラハの夜は、買物と散策で心地よい疲れと共に、静かに更けていった。

帰りの列車は大混雑で、子連れには大変だった。大学生らしい韓国人のグループの中の女性が子どもを抱いてくれ、助かった。片道四時間半もかかる遠い所に、よくも家族連れで行ったものだと、娘夫婦の思い切りのよさに、今では感心している。

スロバキアの首都プラチスラヴァは、プラハとはウィーンからは反対方向に位置するため、日を改めて出直した。

ずっと強行スケジュールをこなしてきたせいか、娘と子ども二人が発熱し、スロバキアには、私と婿と二歳の男の子三人での日帰り旅行となった。

片道列車で一時間半。代金は往復で十六ユーロ。日本円に直すと、約二千百円。こんな安い料金で隣国に行けるとは、驚きだ。

駅からは路面電車で街へ出た。壁や建物などのいたる所に、落書きがすさまじい。字が読めないため、何と書いてあるのかわからない。列車や電車までも、落書きされている。体制が変わって、国民の不満の表れだろうか。

プラチスラヴァは十一年前、主権国家スロバキアの首都となっている。ドナウ川に面して発展したこの街は、長い間ハンガリーの支配下に置かれてきた。十八世紀に女帝マリア・テレジアの居城となったプラチスラヴァ城は、ドナウ川のほとりの高い丘の上にそびえている。四角い建物の四隅に塔がある独得の外観だ。

私たちはかなりの距離のその丘まで、歩いて登った。その年の欧州は五十年ぶりの猛暑とかで、日射しが強かった。持参した雨傘を日傘代りに使った。暑くても傘などさしている人は、他には誰もいなかった。不思議なことに、帽子をかぶった人もほとんどみかけない。湿度は低く、カラッとしている。

丘から一望できる街は、川を隔てて完全に二つに分かれていた。川の向こうは、近代的な高層ビルラッシュ。手前の方は旧市街というふうに……。旧市街は美しく保存されている。

城内の一部は歴史博物館と音楽博物館として、大きなホールはコンサートなどに利用されているという。

博物館には、銀やガラスの食器類、装飾品、家具調度品、ベッド、肖像画などが展示されていて、当時の生活ぶりが想像できる。

銀のスプーン、皿、フォーク類に施された芸術的な模様、デザインには、目を見張るばかりである。人間の持つ底知れない技術力、才能の偉大さに、改めて驚かずにはいられない。

かねがね「人間ほど恐ろしいものはない」というのが私の持論だが、人間の持つ能力を平和でよき方向のみに使ってほしいと、願うばかりである。

今回の旅で、人間の偉大さ、愚かさ、歴史の重みなど、さまざまなことを考えさせられた。

ヨーロッパはEU共同体として、今後も発展し続けることだろう。いつか世界が一つとなり、争いのない日がくるのだろうか。

娘一家は、婿がウィーン大学から次はアイルランドのダブリン大学に、すでに留学が決まっている。二年間の予定という。

その時はまた、私もお供することになっている。私の旅は、今後も続いていくに違いない。

三度目のウィーンからダブリンへ

平成十五年十二月八日、五カ月ぶりに三度目のウィーンに、行くことになった。婿がウィーン大学での一年間の留学を終え、次はダブリン大学に二年間留学することになり、引っ越さなければならないからである。

前回までは娘たち家族と一緒だったが、今回は一人旅だ。

飛行機の時間の都合で関西のホテルに一泊、九日のウィーン行きに乗る。

その前に荷物のチェック。大型トランクを測ってもらう。二十八キロもあり、重量オーバー。オーバー量の代金が一万八千円と言われ驚く。団体旅行の場合は少々のオーバーは認められるが、一人旅には厳しいとのこと。

前日、あれもこれもと娘たちへの食料品をつめ込み、「たくさん入ったァ！」と喜んだのも束の間、一転して困惑となる。

係の人に相談する。中を出して相手に送ればよいと言われても、こちらはまだ転出先のダブリンの住所を知らない。

そこで、せっかく娘たちに食べさせたいと思って入れこんだ「新潟米」を、鹿児島の自宅に送り返すことにした。

空港内の郵便局で手続きし、一件落着。次に手荷物のチェック。初めて持参した化粧用のカミソリがいけないという。

自主的に放棄された爪切りやハサミ、小刀、ライターなどが、透明の箱にいくつも入れられている。放棄しない人は書類に名前を書かされ、目的地に着いてから受け取るという。

何事も体験。私は放棄せず、係の人の指示に従った。そして、無事ウィーン空港で受け取ることができた。

機内は満席ではなく、隣りの席があいていた。寝る時、足を伸ばすのに使わせていただいた。何しろ十二時間も乗っている。じっと座ってばかりでは、エコノミークラス症候群とやらになってしまう。ときどき手足を伸ばし、軽い運動をしなければならない。

持参した二冊の文庫本も、たちまち読み終わってしまった。

機内食はサーモングラタンにパン、そば、サラダ、小さなケーキ、チョコ菓子一枚、それに緑茶かコーヒーか紅茶の飲み物。

その後しばらくして、軽食としてオニギリ一個と飲み物が出る。

最後の食事は、いなりずし一個と巻きずし一個、サンドイッチに果物少々というメニュー。味は……。

日本とは八時間の時差があるため、出発日と同じ九日夕方到着。すでに四時はうす暗い。

三度目の懐かしい部屋に着くと、三人の孫たちが大歓迎。「ワーイ、ばあちゃんが、きたァ」とピョンピョンはね、全身で喜びを表現してくれた。

夕食がすむと、夜の街に行こうと言う。クリスマスの一カ月前から建物のライトアップや飾りつけが美しく、お店もいっぱい出ているという。

娘たちは昨年見ているが、私にも一見の価値があると言い、連れだす。外はすごい冷え込み。子どもたちもイヌイットみたいな重装備で出かける。

特に、五つの高い塔をもつ新市庁舎前が賑わうという。

パン屋、肉屋、ガラス製品、アクセサリー類、雑貨、小物類と、あらゆる種類の店がずらりと並んでいる。まばゆいばかりの電飾である。どこの店の飾りつけもセンスがよく、見惚れてしまう。

子どもたちはフライド・ポテト、大人はカップごと売る温かい飲み物を飲み、身体を温めながら見学する。

近くには、ドイツ語圏で最も伝統と名声を誇る、かの有名なイタリア・ルネッサンス様式のブルク劇場が、ライトアップされてその存在感を示している。

あまりの寒さに店を一周すると、子ども連れでもあるし早々に引きあげた。

日本では味わえないキリスト教国ならではの風物で、本当に一見の価値はあった。

翌日十日はオペラを観に行く。近く還暦を迎える私に、娘たちからのプレゼントだそうだ。東京では、五、六万円するのだとか。こちらでは、二万円くらいということだ。

娘は昨年夏、ドイツでの学会のついでにウィーンに寄った、アメリカ在住の義姉と観賞したとのことで、今回は私と婿の二人で出かけた。

国立オペラ座は、フランス・ルネッサンス様式の美しい建物で、一八六九年五月に、モーツァルトの「ドン・ジョバンニ」で幕を開けたという。

音響設備は世界最高と言われ、天井がとても高く、六階まである馬蹄状にある客席は二千二百八十席、オーケストラボックスは百二十人収容という。オペラの他、バレエなどの公演もあるそうだ。

私たちの座席は一番前の右はし二席。手を伸ばすと、オーケストラのヴァイオリニストに届きそう。

婿がインターネットで注文し、前の二席が残っていたという。いい座席がとれた運のよさを、しきりに二人で喜びあう。残念ながら小沢征爾さん指揮の公演は、全日程が売り切れだったとか。

演目は「シモン・ボッカネグラ」。プログラムを購入すると、後ろのページに日本語であらすじが記されている。

夜七時開演。途中、二十分ほど休憩。終演は九時四十分だった。

イタリア語のため、各自の前に継五センチ、横二十センチくらいのスクリーンに、英語またはドイツ語のどちらか選べるセリフ、歌詞のテロップが流れるようになっている。英語を読んでいると舞台の方がおろそかになるので、意味はわからなくても舞台の方に集中することにする。

名前は知らないが、主役の男性はパバロッティばりの美声で迫力があり、女性のソプラノもすばらしかった。訓練のたまものとはいえ、よく声が長時間続くものだと感心する。生の魅力に圧倒された。一生に一度の体験かもしれない。

いつか、世界に三人しかいない奇跡の声といわれているソプラニスタの〝岡本知高〟さんがこの劇場で歌われる時は、また、観に行きたいなと思うのだった。

満足して、劇場をあとにした。

オペラ座でのエピソードを一つ。休憩時間にお手洗いに行くと、何人か並んでいた。一人すむごとに、七十歳くらいの婦人が雑巾を片手に、サッサッと便座をふいてくれる。もちろん有料である。普通五十セントでいいらしいが、私は一ユーロ払った。すると、私の時だけ大声で、サンキューと言った。日本では見られない光景である。

街の通りは、クリスマスの電飾でどこも明るい。冷え込みが厳しいため寄り道はせず、急いで家路についた。

引っ越しの日が近づき、娘は荷物の整理に追われている。自分たちで敷いたカーペットを、小さく切って捨てなければならない。ひと仕事である。

備品が全部揃っているか、管理人が検査に来るという。中年婦人の検査の結果、思いもよらないことを言われる。あまり汚れてもいない壁を「二部屋とも塗ってください」とのこと。落書きをしているわけでもないのに、日本人の感覚とは違うようだ。

まさか、壁を塗り直すとは夢にも思っていなかっただけに、婿も驚くやら、がっかりするやら……。

指定された塗料とローラーを買いに行き、婿は早速塗り始めた。初体験である。もともと器用な人らしく、あとは楽しみながら塗ったという。塗料も安かったと言っていた。

翌朝、昨日とは別の男女二人が、検査にやってきた。ドイツ語で何とかかんとか言っている。きれいになっているので、合格。あとに入る人も、気持ちがいいに違いない。

私たちも最初部屋に入った時、どこもピカピカで「新築みたい！」と感激したことを思い出す。お陰で、週末の休みは失くなった。

夕方、娘夫婦は風邪ぎみの上の二人の子どもをおいて、下の男の子一人を連れて、三人で大学に最後の挨拶に出かけた。

十二月十四日は、まん中の男の子の三歳の誕生日。婿と二人で街に出た。ケーキを買うためである。ついでに、前回まだ行っていなかった市立公園に寄る。雨のため人はいない。公園のシンボル、ワルツ王のヨハン・シュトラウスがヴァイオリンを弾いている黄金の像の前で、写真を撮ってもらう。

他にシューベルト、ブルックナーの像もある。

散策していると、桜の木が目についた。前方の大理石に、一九九六年五月二日、日本の岐阜市とウィーン、マイドリンク区との友好のシンボルとして植樹されたと、日本語とドイツ語で記されている。

岐阜県は、私の住む鹿児島県とも姉妹県である。徳川時代の宝暦治水工事を縁として、現在でもいろんな形で交流が行なわれているので、親しみを感じた。

桜の花が咲いたらさぞ美しいだろうなと、想像してみる。池では真っ白な水鳥が、遊んでいる。この公園のベンチの数には驚く。天気のいい日は、ここで多くの市民が憩うのであろう。

次は、何度見ても飽きないシェーンブルン宮殿の前庭にも店が出ているというので、寄ってみる。小雨ながらも、大勢の人で賑わっている。

また、温かい飲み物を二人で飲みながら散策する。飲んだあとのカップは、思い出と共におみやげ用に持ち帰る。カップを返せば、二ユーロ戻ってくるという。カップの図柄はさまざま。宮殿や音楽家たち、その他有名な建築物など。色も、白、黒、紺、黄とある。私のはベートーヴェンの似顔絵、婿のはシェーンブルン宮殿の絵だった。

いよいよウィーンを去る日の朝、窓から外をのぞいてみると、降ってはいないが屋根が真っ白である。最後に雪景色まで見ることができて、思わず「ラッキー！」と一人喜ぶ。

娘は最後の荷作りに忙しい。ほとんどのものは送ったらしいが、残りの道具を箱づめし、近くの郵便局まで運ばなければならない。車がないので、歩いて行くしかない。

テレビは送料が高くつくため、近所に住む兵庫県出身の音楽留学生の青年にさしあげた。その心優しい青年が、最後まで娘たちを手伝ってくれた。

洗濯機とベビーチェアー、大きな洗濯物干しは、上の階に住むユーゴスラビア人の家族にさしあげた。無料で人からもらう習慣はないらしく、「いくら払えばいいですか？」とたずねる。「お金はいりませんよ」と答えると、子どもに動物のぬいぐるみや、チョコレート菓子、コーヒーなどをくださった。

一年間の短い間に、娘たちはいろんな人と知りあった。隣りの部屋の韓国人の家族とも、親しくしていただいた。ハンガリー人やイタリア人、ブルガリア人とも交流があった。日本からも何組かの泊まり客を受け入れた。南のオーストラリアからは、娘の友人夫婦が二週間滞在し、八月の夏休みには鹿児島の高校一年生の女子学生二人が、二週間ホーム・ステイした。

感受性豊かな十代に他国に遊んだことは、彼女たちの一生のよき思い出に違いない。娘たちの小さな三人の子どもたちをお守りしたり、ハンガリーにも足を延ばし、ドナウ川では泳いだりしたという。

お陰で娘たちは、一年間でオーストリアの八つの世界遺産すべてを、見学できたという。

管理人に鍵をわたし、娘たちが一年間住んだ思い出のビルを、二時半に出発した。

次に、娘たちが二年間住むことになるアイルランドという島は、イギリス領の北アイルランドと、独立して共和国となった南とに分かれている。娘たちが住むのは、共和国の首都、ダブリン市である。

島の面積は北海道とほぼ同じぐらい。気候は暖流のお陰でわりと暖かい。小雨の日が多いため牧草は冬も青く、別名「エメラルドの島」とも呼ばれている。

人口は約三百八十五万。うち首都ダブリンは約百五万。言語の公用語は、ゲール語と英語。日本とは冬は九時間、夏は八時間の時差。夏は短かく冬は長い。冬は日の出が九時前後、四時には暗くなる。束の間の春と秋がある。

国土は美しいが資源に乏しく、移民となって島を離れた人が多い。アメリカに移民した中から、ジョン・F・ケネディ、ロナルド・レーガンという二人の大統領が出ている。ビートルズも移民の子と聞いている。

EU（欧州連合）に加盟している。通貨単位はユーロ。ほとんどの物品に、二十％の付加価値税がかかっている。景気はよく、物価は高い。治安はヨーロッパではいい方だが、最近はスリなどの都市型の軽犯罪が増えているという。

ウィーンからダブリンまでは、飛行機で約三時間。ダブリンの郊外の借家までタクシーで三十分。着いたのは夜十時過ぎだった。

ウィーンのビルの中とは違って、こちらは一戸建て住宅。家賃は十五万円。最初は二十万円の所を紹介されたそうだが、そちらはすぐ別の人が決まったという。

一階は台所と食堂、それに居間、二階はゲストルームに寝室、小さな子ども部屋。なぜか二階にトイレと浴室。

台所には洗濯機、乾燥機、皿洗い機、オーブン、冷蔵庫、食器グラス類、食堂には食卓セット、寝室にはベッド寝具類、居間には応接セットと、すべて備えつけだ。大きな買物は、テレビとベビーチェアーぐらいだった。

周囲は同じ型の一戸建てが、ズラリと並んでいる。日本と違うところは、前庭より後の庭の方がやや広いということだ。

すぐ近くにスーパーと小学校が見えている。とてつもなく広い公園もあり、歩いて七、八分の所にはイギリス系の大型スーパーもある。

なだらかな登り坂の三叉路のつきあたりに、娘たちの家はある。居間の大きな窓からの景色はとても美しい。大型スクリーンの大自然の額縁みたいだ。大空が広がり、飛行機が行き交い、白と黒のツートンカラーの鳥が舞っている。いろんな種類の犬を連れた散歩の人々が行き交う。毎日雲の形や色が違うので飽きない。道路の前方には、アイルランドのシンボルカラー、緑色のポストがあり、老若男女が利用している。

ウィーンは十二階からの眺めだったが、こちらは目の前がすぐ、庭と道路である。

春は曙というが、冬の曙もすばらしい。赤色からやがて黄金色に変化するさまは、とても神々しい。毎日違う大自然の偉大さに、おのずと頭が下がる。朝日に向かって孫と手を合わす。

十二月十七日は、私の誕生日。外国で迎えるのは初めて。婿と二人で街に出る。こちらはしぐれの日が多いが、この日はめずらしく上天気。

日本から送ってくる予定の乗用車がまだ届かないため、バスで行く。こちらのバスはすべて二階建て。ウィーンと違うところは、路面電車や地下鉄がないこと。ウィーンは車はなくてもとても便利で、どこへでも行けたが、こちらは車がないと不便である。そのためか、相当のお年寄りの人たちまで運転している。

こちらで車を買うと、とても高いらしい。鹿児島から知人を通じて、送ってもらうことにした。日本車がずいぶん走っている。丈夫というので人気があるという。しかし、あまり手入れをしないらしく、汚れたままで走っている車が多い。車庫もほとんどの家になく、雨ざらし、日ざらしのようだ。

街に出ると、二階建てバスのオン・パレード。さすがに首都ダブリンは人通りが多い。ウィーンほどではないが、いろんな人種の人が行き交う。中国人も多い。私も中国人に間違われ、中国語で話しかけられた。英語で「私は日本人です」と言うと去っていった。

ギリシャ神殿風の立派な建物の中央郵便局に入ってみると、クリスマス前のせいか、大勢の人で混みあっている。広い室内の片隅では、ピアノとヴァイオリンの生演奏があり、数人のお年寄りが歌を歌っている。曲目は、「ジングルベル」や「ホワイトクリスマス」。私も彼らにあわせて、口ずさんでみた。

アイルランドといえば、アイリッシュ・ダンス。二百種類ぐらいのタップがあるのだとか。先日テレビで見たが、両手は動かさない独得の踊りのようだ。今や世界中で人気があり、国内外で公演しているのだそうだ。

歌では「庭の千草」ぐらいしか知らなかったが、最近かの有名な「ダニー・ボーイ」もアイルランドの歌と知って、驚いた。

若き日、テナーサックスの哀愁漂うダニー・ボーイに胸が痺れたことを、思い出す。レコードまで買い、今だにもっている。もう長いこと聴いていないが……。

芸術、特に文学はめざましく、四人のノーベル賞作家を出している。ジョージ・バーナード・ショー、ウィリアム・バトラー・イェイツ、サミュエル・ベケット、シェイマス・ヒーニー。その他にも『ユリシーズ』で有名なジェイムズ・ジョイス。

私はオスカー・ワイルドの「罪は憎むべきである。しかし、悔い改められた罪ほど美しいものはない」という言葉に共感し、若き日、読書ノートに書き留めていた。

夜は、娘の家族全員でハッピー・バースデイの歌を歌って、ケーキとワインで祝ってくれた。娘はメッセージカードに感謝の言葉を記し、私がこれからも自然体で過ごすようにと希望していた。

クリスマスも年の瀬も、訪ねてくる人はなく、静かな日々だった。こちらの人は、クリスマス休暇といって、旅行するらしい。クリスマス前後は店も閉まり、街行く人は少ない。そのため、食料品は買いだめすることになる。

新しい年が明けると、あちこちから花火があがる。二階の窓から見てみる。日本の花火大会ほどの派手さはない。三十分くらいで終わった。

ウィーンの新年の花火は、それはそれは美しいという。どこもかしこもバンバンと、その規模の大きさは大変なもので、昼間のように明るくなるのだそうだ。残念ながら私は、ウィーンの花火を見るチャンスはなかった。

新年の一月一日は天気がよく、自宅の窓から朝日を見ることができた。家にいながら初日を拝めるなんて、何とラッキーなことでしょう。今年も、どうぞ良き年でありますように……。

午後一時十五分からは、私は一階のテレビでウィーン・フィルの演奏を聴いた。日本は、夜十時すぎのはずだ。

約一年前に聴きに行った、楽友協会の「黄金の間」が映し出された。懐かしい。着物を召した日本人男性の姿が何度も映され、私は一階のあそこの場所だったと自分の姿と重なる。

ニューイヤー・コンサートのチケットは、とても高いと聞いている。普段は、私たちが観たボックス席で約一万円ということだった。一時間半、ヨハン・シュトラウスの曲に酔いしれた。

三日は、また婿と二人で街に出た。トリニティ大学に行く。三度目である、ここにはアイルランドの重要な宝の一つである、有名な「ケルズの書」が展示されている。古来最高の装飾写本の一つ。

九世紀の初めに、ケルズの僧院で制作され、聖書の四つの福音書がラテン語で書かれ、技巧をこらしたアンシャル文字（四〜九世紀に使われた書体）で、千年以上たっている本とは思えない。

文字だけでなく、動物や人間の姿をグロテスクな形の湾曲した張り出しの絵に、彩色が施してある。その装飾絵を、人の一・五倍ほどの大きさに拡大したパネルが、数多く展示されている。それが、複雑奇妙な絵で、驚くやら感心するやら……。観光客が次々見学にくる。

本そのものの葉数は三百四十枚。光滑剤を十分に塗った牛の皮で作った書写材、ベラムでできている。大きさはだいたい三十三センチ×二十四センチくらい。インクは黒褐色。初めの部分とマタイ伝の終わりの部分には赤、青黒色、紫が交互に使われている。文字の多くは、近代アイルランド語の書体を思わせるところが大きいらしい。

トリニティ大学に、三百年から保管されているという。

婿は二年前、この大学で学会があり参加したのだが、滞在日数が二日間だったため「ケルズの書」は見られなかったと言い、今回熱心に見ていた。

この大学の図書館というのが、またすごい。アイルランド国内で最大級の写本、蔵書を所有し、世界有数の研究図書館として知られている。

現在では、三百万冊近い書籍を八カ所に分けて所有しているという。その一部を見学したが、最も古い蔵書が、増築された高い天井に届くほど、二十万冊も収められていて、何だか古代にまぎれこんだような気分になった。

室内の両側には、胸像コレクションが展示されている。かつて、社会科授業で習った哲学者のソクラテス、プラトン、アリストテレスなど、ずらりと並んでいる。本当にこんな顔の人だったのかな？　と疑問をもちながら見学した。

また、アイルランド最古のハープも展示してあった。十五世紀頃の制作であろうと、推測されている。

初期ケルトの吟遊詩人の象徴とされるハープは、アイルランド硬貨のデザインとして使用されている。

ユーロの紙幣は加盟国共通だが、硬貨の裏のデザインは国によって異なるのだそうだ。

文房具屋に国別に一目瞭然できる収集ブックが売っていて、娘夫婦は各国のコインを蒐集していた。

次に行ったのは、アイルランド国立美術館。一万点以上の絵が展示されている。とても一日では鑑賞しきれない。フェルメールやピカソ、レンブラント、モネなど。入場料無料のため、翌日も見学した。

国立博物館にも足を延ばした。優美なドーム式の半円アーチを備えた入口のホールは、大理石の円柱によって支えられている。クラシック様式のモチーフを描きだしたモザイク式の床が、めずらしくもあり美しい。

展示室に入ると、泥炭地で発掘されたミイラがお出迎え。初期鉄器時代のものだという。

次はアイルランドの黄金時代以前の展示物。紀元前二千年から紀元前七百年までに属する青銅器時代の金装飾品コレクションが、豊富に展示されている。あまりのすばらしさに、本当に紀元前なのか？　と疑問がわく。相当熟練した金属職人の技術によるものに見える。

その後、五世紀にアイルランドに伝えられたキリスト教が、国宝の「アーダの聖杯」とか「タラ・ブローチ」と呼ばれる芸術品を生みだしたという。

その他、ヴァイキング時代の文書や、中世アイルランドの生活ぶり、古代エジプトのミイラまで展示してある。ここも無料と聞き驚く。

現在は、絶滅してしまった巨大なオオヘラジカの骨格標本のある自然史博物館は、「剥製の動物園」として知られている。

館内に入ると、二十メートルのクジラの骨格が天井からつるしてあり、度肝を抜かれる。大きなマンボウやキリン、ゾウ、パンダ、カバ、シカ、サルなどすべて剥製。迫力のあることおびただしい。鳥類の数も、半端ではない。よくぞ、こんなに集められたものだと、恐怖感さえ湧いてくる。男の子の孫を連れてきたら喜ぶだろうなと思った。

売店で二人の男の子には怪獣を、女の子には絵本をおみやげに購入した。ここも入場料無料。

いつでも見たい時に、一流のものにふれられる、それが、芸術家をたくさん生みだしている秘密のような気がする。

この日は歩きに歩き、小泉八雲、別名ラフカディオ・ハーンが、少年時代まで住んでいた家も見学する。見学と言っても現在は民宿になっていて、ただ外観を見ただけである。

ギリシャ生まれのハーンは、スコットランドの中学に入るまで住んだらしいが、記者として日本に渡り、日本人と結婚して帰化。その後は、アイルランドには一度も帰っていないという。

日本とアイルランドの旗を記した看板に、ちょっとした説明が書かれ、建物の壁に揚げられていた。『心』や『怪談』『霊の日本』など、日本に関する英文の印象記や随筆、物語を発表、日本のことを世界に広めてくれた文学者だ。松江中学、五高、東大、早大で英語、英文学も講じた。

コースの最後に、ダブリン城に足を延ばした。ダブリンの歴史の中心といわれている。石造りの塔が一部修復され、チャペルも十五年前に復元されたという。ここは、ガイドツアーのみで、時間まで外で待たされた。

金髪で女優さんのように美しい女性が、英語で歴史を説明していく。早口なため理解できない。かたわらの婿が、ときどき説明してくれる。

昔は城壁があり、お金持ちは内側で、その他の人は壁の外で暮らしていた、などと言っている。

現在は、国際会議の会場などとして使用されるそうだ。二日後、娘が見学に行った日はＥＵの会議があるとかで、休みだったという。

ダブリン城を出て帰路、のどかな風景に出合った。若葉色の制服を着た若い男女二人の警察官が、それぞれ馬に乗ってパトロールしている。信号待ちしている間、市民に話しかけられ、気軽に何やら話していた。ウィーンでは見かけなかった情景だ。

一月七日、三週間すごしたダブリンを出発する。婿は、一年間の留学を終えたことを、大学に報告しなければならないため、一時帰国。行きは一人だったが、帰りは婿と二人連れ。

ダブリンから日本への直行便はない。そのためもう一度ウィーンに引き返すことになり、一日だけだが、私にとっては四度目のウィーンになる。夜七時前、雪の積もったウィーン空港に着く。バスでホテルに向かう。ホテルに着き、荷物を置くとすぐ、自然史博物館へ直行した。九時までだから、急いで行く。係りのおじさんが「三十分くらいで回ってください」と言って入場料はとらない。一人、八ユーロもするのに無料で入れてくださった。「ラッキー！」と二人で喜ぶ。

中に入ってみると、閉館の時間は近づいているのに、レストランは大勢の客で賑わっている。「なぁんだ、慌てる必要はないようだ」と内心思いながらも、急いで回る。ダブリンの動物博物館同様、ものすごい迫力である。ほとんどのものが、大きなガラスケースに収められている。整然としていて見やすい。「こちらの方が、展示が上手ですね」などと話しながら歩く。見た目が美しく、センスがいい。広い館内をあちこち移動する。急いだものの、だいたい一通り見た。

見学している間は感じなかったが、外に出ると急に空腹を覚えた。目的のレストランまで歩く。

その前に、まだ見ていなかったアンカー時計を見る。毎時間にひとりずつ、ウィーンに関係のある歴史的な人物が現れ、正午には十二体の人形が次々登場し、その人物にちなむ音楽が奏でられるという。残念ながら、その瞬間は見ることができなかった。

ウィーンのシンボル、雪をかぶった高さ百三十七メートルの塔をもつ夜のシュテファン大聖堂も、なかなか風情があってよかった。かつて、モーツァルトがコンスタンツェ・ヴェーバーと結婚式を挙げた寺院である。幻想的で妖しい魅力をたたえていた。

老舗のレストランに着いたのは、十時前。まだ、何組かのお客さんがいる。婿は

シュテファン大聖堂

名物の「ウィンナー・シュニッツェル」を、私は牛肉の煮込み料理を注文した。出されたシュニッツェルは、皿よりも大きく引き伸ばされている。大きいけれど薄いので、思ったほどの重量ではない。パスタサラダがつくので満腹になるという。私は昼食後、水一滴飲んでいなかったためか、注文したブドウジュースがとてもおいしく感じられた。

店員は、日本人の客に慣れているらしく、「サヨナラ、アリガトウ」などと言っている。

ホテルに帰る前、近くの西駅に寄った。シシーこと皇后エリザベートの像があるが、額と洋服部分に落書きがしてある。どこの国にも、不心得の人はいるものだ。

ホテルに着いたらゆっくり入浴し、十一時半就寝。

翌朝、四階のホテルの部屋のカーテンを開け、外をのぞいてみる。雪景色だが満月も見える。向かいのビルの一室では、六時というのにもう仕事をしている人がいた。

朝食は六時半から。一階のレストランには、日本人のツアー客らしい人々が十数人いる。

昨年の夏、私の長男の嫁も友人と泊まったホテルである。ここは、以前一泊したホテルに比べると、とても食材が豊富で充実している。パンの種類も多く、どれを食べようかと迷ってしまう。

朝食をすませ、近くのストアーにおみやげの追加を買いに出る。八時半開店らしく、早く着いたので、一階のロビーから地下の食料品売り場を見学していた。パンを焼いたり、ケースに並べたり、掃除をしたりしている。ツアーだと、こういう日常生活の一端に触れることはできないが、実際にスーパーで買物したり、ゆっくり人々の生活ぶりを垣間見ることができた。

パンと肉食中心の食生活は、日本人のそれとはおのずと違う。ハム、ソーセージ、ウィンナー類の種類の多さには驚く。たいていスパイスがよく効いている。

牛乳、ジュース類も多量の二リットル、三リットル入りなどが並んでいる。イギリスで発生したＢＳＥ（狂牛病）のせいで、アイルランドはチキンの消費が多いようだ。ターキーや羊の丸ごと冷凍品が多いのも、お国柄だろう。じゃがいもの本場らしく、十キロ入りの袋入りがズラッと並んでいる。値段も安く、種類も豊富だ。

ウィーンのスーパーでめずらしかったものに、ミカンを自動的にジュースにする機械がある。何個かのミカンが搾り込まれて、ペットボトルに入るようになっている。まさに、搾りたてジュース。時間がたつと酸味が増す。娘が買って、何度も飲ませてくれた。

それに、ミカンが〝サツマ〟とアルファベット文字で札に書いてあるのに驚いた。サツマとは私の住む鹿児島の別名だからである。鹿児島から輸入した品種なのかもしれない。サツマ面白いと思った。ドイツ語なので、気軽に店員さんに質問できないのは残念なことである。

また、ビールの安いこと！　一番安いのは、五百ミリリットルで三十円から四十円くらい。普通のでも百円くらい。婿は水がわりに？　せっせと飲んでいた。

買物をすませ、おみやげをトランクにつめ込み、ホテルをあとにした。

昼過ぎの出発時間までを有効に使おうと、今度は美術史博物館に向かった。地下鉄を利用し、雪の積もった道路に出る。テレビで積雪三十五センチ、気温マイナス二度と言っていた。こちらの雪は、さらっとしている。

二人それぞれ大型トランクを押して美術館をめざすが、これがもう難業苦業。映画の「八甲田山」を思い出した。山中ではないが、雪上でトランクを引っぱるのは大変だった。

二十キロを越す重量を、引いたり、持ち上げたり、散々だった。タクシーに乗るほどの距離ではないため、本当に困った。休み休み、なんとかたどり着いたが、路面電車の客も、めずらしそうに私たちを眺めていた。

昨夕と同じ場所、マリア・テレジアの銅像をまん中に挟み、自然史博物館と美術史博物館は、対称を成している同じような建物である。雪をかぶったマリア・テレジア像や木々、建物などを早朝と夜、見学できたことになる。幻想的で幽玄な感じを受けた。

美術史博物館は十時開館のため、しばらく待ち時間があった。その間に数人の日本人がいらした。

開館するとすぐ荷物を預け、絵画部門に直行する。レンブラント、ルーベンス、ラファエロ、フェルメールなど大作が目白押し。ブリューゲルの「農民の婚宴」や「バベルの塔」「子供の遊戯」など、じっくり鑑賞する。「雪中の狩人」は貸し出し中なのか、見当たらなかった。四百年以上前の作品である。ラファエロの「大公の聖母」は、五百年前のものだ。色がとても明るく、新しいと感じていたら、修正されている。その手順も展示されていた。

それにしても、人間の才能と努力の痕跡には、ため息がでる。名作を次々と観ていく。ヨーロッパ各国の絵画が、国別に展示してある。彫刻、コイン、メダルなどの部門は時間がなく、残念ながら観ることはできなかった。

美術館をあとに、西駅に行く。先月、十二月十四日に開通したばかりという、空港行きの列車に乗る。料金は九ユーロ。列車内で車掌さんから買うと、十ユーロ。

この列車に乗るのは、婿も初めてだという。駅でチェック・インでき、大型トランクを預けられるので便利だ。あとは手荷物だけとなり、身軽になった。

列車は前の部分がグレー、車体は白とグリーンのツートンカラーで、シャープでスマートな感じ。二階建て列車で、最初は一階に座っていたが、二階も空いているというので移動した。二階の方が、景色がよく見える。

雪をかぶった郊外の一軒屋の家並みはまるでケーキのようで、メルヘンチックだった。

十六分で空港に到着。あとは、大阪行きの飛行機に乗り込むばかり。待合室でゆっくり休む。待合室の九割が日本人である。

毎日、東京と大阪からウィーン行きは出ているという。それだけ観光客が多い、ということか。

雪のロシア上空を経て、一月九日午前九時すぎ、無事関西空港に着いた。揺れも少なく快適だった。

今回初めて、流れ星を見ることができた。ほんの一瞬の出来事で、最初は火の玉かと錯覚した。

飛行機の中では、一カ月ぶりに日本の音楽を聴いた。普段は何となく聞き流していた歌をイヤホンをつけじっくり聴くと、やはり日本の歌はバラエティに富んでいて、なかなかいいな、と改めて思った。

小沢征爾さんご本人が、森進一さんの歌を聴くと涙がでる、と言われたことを思い出す。特に、異国に長く住んでいる人々にとっては、演歌はやはり日本人の心のふるさとに違いない。

この年代になって、思いがけず婿の留学によってウィーンに約二カ月、ダブリンで三週間過ごすことができた。今まで知らなかった世界を見聞できた。子守りに行ったはずだが、ふり返ってみるとずいぶんあちこち見学している。

もう四十年以上前になるが、作家の〝小田実〟さんの『何でも見てやろう』という本が、ベスト・セラーになったことがあった。世界中を貪欲に見てまわった見聞記だった。未知の世界に対する興味、関心というのは、どんなに時代が変わっても変わらないような気がする。

一歩日本を出ると知らないことがいかに多いか、文化、習慣、言葉がどれほど違うかが、よくわかる。それを、お互いの人種が認めあい、仲良く過ごせないものだろうか。

私たちは、戦争をするために生まれてきたのではない、と思う。それぞれの環境で、穏やかに、心楽しく生活していきたいものである。

ヨーロッパのあの見事な石の建造物、決して一朝一夕にできるものではない。人類の知恵の遺産として、破壊することなく、次の世代に守り受け継いでいってほしいと願わずにいられない。

娘たちよ、ありがとう。このささやかな文が、一人でもまた、ヨーロッパに目を向け、見聞してくださる方々のきっかけになれば嬉しい。読んでくださった一人ひとりに頭を下げたい。若い人は、世界中に飛びたってほしい。

私の旅は二年後、また娘たちを迎えに行く日まで、しばらくの休憩。次はアイルランドの隣国、イギリスに行きたい。どんな世界が待っているのか楽しみである。その日まで私はまた、せっせと読書に専念する。読書は私にとって生活そのものだからである。読み、書き、歌い、私は私の人生を、これからも楽しみ、輝いて生きてゆきたいと願っている。

（二〇〇四年刊行『私のウィーン物語』より抜粋）

第2部　私と娘のウィーン物語パートⅡ

二十年後の私のウィーン物語あれこれ

前著で書き忘れていたこと、思い出したこと、その後に体験したことなどを書きたしてみたい。

ウィーンのシンボルは何といっても、モーツァルトの結婚式と葬儀が行われたというシュテファン大聖堂。一三五九年に約六十五年かけて完成されたという。

寺院の塔では世界三番目の高さらしい百三十七メートルの南塔が見上げるようにそびえている。屋根はモザイクのような模様で、美しい。中には無料で自由に出入りできる。

前の方に訪問記録というのだろうか、立派なノートが置いてあったので、私も英語と日本語で住所氏名を記帳した。

ツアーではないため、ゆっくり見学できた。やはり、ステンドグラスがすばらしかった。

教会内に観光客用なのか、いろいろなグッズ売場のコーナーもあった。私は記念に小さなマリア像を求めた。

イタリア語で「美しい眺め」という意味をもつベルヴェデーレ宮殿は、オーストリア風バロック建築の代表格で、左右対称の建物。庭の美しさでも有名だ。

現在は一九ー二十世紀のオーストリア絵画を展示した美術館である。

二階にクリムトの代表作「接吻」があるが、その大きさに圧倒される。縦横百八十センチで額縁もクリムト自身の制作という。

いつかのテレビで歌手の岩崎宏美さんが、その絵の前に立って感激している場面があった。

それを見るのが彼女の念願だったらしい。油絵で、金箔がふんだんに使われている。あまりの迫力と美しさに私も何分間か、じっと立ちつくしていた。

他にシーレの「死と乙女」などが展示されている。

私たちが行った日、そこで結婚式があったらしく、一組の新郎新婦が玄関から出てきた。庭に待っていたのはフィアカー（観光馬車）。二頭立ての馬車が、ズラリと並んでいる。ゆうに十台は越えていた。場所を変えての披露宴に行くところだったようだ。

私たちが路面電車に乗っていると、何とさきほど見た新郎新婦を乗せた馬車が目の前に現れた。街中を次々馬車が通る光景は、実に壮大である。

中に一人だけ女性の操縦者（御者）がいて、彼女は緊張した面持ちで馬車を操っていた。めったに遭遇しないような情景に出合った私たちは、何と幸運だったのだろう。

路面電車の中から娘婿がパチリと写した、新郎新婦を乗せた馬車の写真はとてもよく撮れていた。彼らの住所がわかれば、送ってさしあげたいほどだ。

写真といえば、私の本を読んでくださったある方が「ウィーンの写真展をしてみませんか」と声をかけてくださった。

そういうことは夢にも思っていなかったが、夫や娘婿が写真好きで、ウィーンに行った先々でのたくさんの写真がとってある。

ウィーンのことを皆さんに知っていただくいいチャンスと思い、写真展をさせていただくことにした。

私が選んだ十数枚を展示用に近所の写真屋さんで大きく引き伸ばしてもらい、それを一枚一枚額縁に入れた。他の小さな写真も十数枚。

ウィーンの位置や街の地図、その他ウィーンで使った観光用のチケット類、ベートー

ウィーンの写真展

ヴェンの遺書の日本語訳のパンフレットなど準備した。写真の下に説明書きも用意した。

何しろ素人で初めてのこと、展示はプロの方にしていただいた。

知人のMさんがデパートの外商のAさんを紹介してくださり、Aさんはまた別の係の方を紹介、無事写真展を開くことができた。

デパートではちょうど「京都のれん市」が開かれていて、多くの人に鑑賞していただいた。

ウィーン名物のザッハートルテの写真の前では若い女性が「おいしそう……」とつぶやき、インスブルック通りの写真の前では中年の男性が「ここの近くのホテルに泊まりました」と話す。

今まで全く知らなかった方々と会話がはずんだ。一週間の期間はアッという間に過ぎた。

ウィーンに行けたことも、写真展を開けたことも、すべて私の人生の予想外。

私は何の野心もなく、一日一日平凡な日々を過ごしてきた一主婦。よく「計画を立てなさい」とか言われるが、特にあれがしたいとか、これがしたいとか強い願望などもっていなかった。流れるままに日々を過ごしていた。特別望みもしなくても、あちこち旅行もできた。人に誘われた時「ハイ」と返事をして、チャンスは逃がさないようにしてきたようだ。

　これから先の人生はどう展開していくのか誰にもわからない。ただ一日一日を心楽しく過ごしていきたいと思っている。元気なうちは、まだ旅行もしたい。令和五年にはまた十年用のパスポートを取得した。どういう世界が待っているのだろう。人生は不思議発見！

光子さんの孫との出会い

　明治時代、日本から初めてヨーロッパの伯爵家に嫁いだ旧姓青山みつ、のちのクーデンホーフ・光子さんのことは、テレビや舞台、雑誌などで知っておられると思う。

　私は以前ウィーンに住んでいた娘一家と、光子さんのお墓参りをしたことを、書かせていただいた。

　光子さんは四男三女の子宝に恵まれ、今回はそのうちの光子さんの三男の子どもで、日本人女性と結婚された画家のミヒャエルさんに、私がお会いしたお話。

　平成二十年十月、ミヒャエル・クーデンホーフ・カレルギーさんが、鹿児島市のギャラリー白樺で絵画展をされていることを新聞で知り、私は友人・知人二人を誘って見に出かけた。

ミヒャエルさんはプラハ生まれ。一九八〇年にオーストリア政府から芸術名誉十字勲章を受けるなど、ウィーン幻想派の代表的な作家とのこと。世界各地で個展を開き、今回は東京、香川、鹿児島での個展のための来日だったよう。

通訳の女性一人を伴っていらっしゃった。

ミヒャエルさんは、外国人にしてはわりと小柄な方だった。

私の著書『私のウィーン物語』に光子さんのことを書かせていただいているので、ミヒャエルさんにそれを一冊さしあげた。

私たちが記念写真をお願いすると、気軽に優しい笑顔で応じてくださった。

ミヒャエルさんとギャラリー白樺にて（右が著者）

会場には幻想的な風景画や動植物、プラハ市街地など、油彩、版画など約四十点が展示されていた。柔らかなタッチで緻密な優しい画風に一目で魅了された。

私はミヒャエルさんに会った翌日には、インドに出発することになっていた。一方ミヒャエルさんも、鹿児島には二日だけの日程で、私はただ一日のチャンス日に、お会いできたことになる。

まさか、光子さんのお孫さんに、自分の住んでいる鹿児島市でお目にかかれるなんて、夢にも思っていなかった。忘れがたい出会いとして、私の心の中に刻まれている。

ミヒャエルさんが幼い頃初めて描いた絵は「浦島太郎」と「一寸法師」だったそう。ハナサカジジイ、モモタロウなど、父ゲロルフさんが、日本のおとぎ話を読み聞かせていたらしい。ミヒャエルさんの父だけが、光子さんに日本語を習ったとのこと。

「作品には気持ちとして、日本的なものは忘れていない」と話していらっしゃる。

ちなみに、光子さんは絵が得意で、季節の花々が生き生きと描かれたスケッチブックや和服姿で絵筆を走らせている写真が遺されている。

光子さんもご自分の孫が日本人と結婚して、日本で個展を開くなどとは、夢にも思っていらっしゃらなかったに違いない。

寅さんとウィーン

「ウィーン」と言えば音楽の都、おしゃれで芸術の街を想像する。

私がウィーンという街に行ってから約二十年余り、しかしその十五年前には、あの国民的スター、車寅次郎こと渥美清さんたちのロケが行なわれていた。

一九八九年、平成元年のことである。「男はつらいよ　寅次郎心の旅路」第四十一作。

令和六年現在「男はつらいよ」はデジタル修復版として、テレビのＢＳで毎週土曜日に放送されている。ただし令和六年三月全作終わりその後は「釣りバカ日誌」に変わった。

「えェー！　寅さんはウィーンまで旅していたのか」と驚いた。この回のマドンナは竹下景子さん。観光案内の添乗員役。そのかわいいこと！　日本人形みたいに顔が整っている。若い！　当時三十五歳くらいか。男性が夢中になるはずである。お嫁さんにしたい女優さんとして、よく名前があがっていた。

芸達者な柄本明さんと寅さんのからみがとても面白く、何回も笑ってしまった。

私は劇場で寅さんの映画を観たことはなかった。寅さんが始まったのが昭和四十四年。ちょうど二人の子どもの育児中だった。先日はＮＨＫのＢＳでも寅さんを放映していた。

渥美清さんは平成八年、六十八歳で亡くなられた。三十年近く経った今でも人気があるというのは、どういうことだろう。

人は皆、旅にあこがれ、寅さんみたいに自由に生きたいという願望が、心の底にあるのかもしれない。

それにしても、懐かしかったこと！　ウィーンの街やホテル、観光名所の数々。見覚えのある場所が次々に映し出される。赤と白のツートンカラーの路面電車が走っている。ホイリゲといって居酒屋になっているが、もとベートーヴェンが住んでいたという家のまわり、ニューイヤーコンサートが開かれる楽友協会、オペラ座、王宮、市立公園、シェーンブルン宮殿、ドナウ川のほとりなど……。

寅さんの映画で私は、二十年前に一気にタイムスリップした。寅さん、ありがとう。これからも放映されたら、観ますからね。

寅さんのお別れ会には、三万人が訪れたそうです。

✿✿✿娘の寄稿✿✿✿

【海外への道のり】

小学生の時に三年間、父の転勤で離島で過ごした私は、本島へ戻ったのはよかったが、友達もいない、勉強もついていけない環境にカルチャーショックを受けた。

それからは自分に自信もなく、ずっと殻に閉じ込もって悶々とした日常を過ごしていた。

学生時代は、なぜかずっと英語が好きで、漠然と海外に憧れがあった。

初めての海外旅行は、アメリカのロサンゼルス。縁あって子ども向け英会話講師として働いていた職場の同僚三人と、ディズニーランドやユニバーサルスタジオなど娯楽施設を巡るフリープランの旅。

初めて日本を離れ、ロサンゼルスの空港へ降り立ってまず感じたのは、「広大な地に、ちっぽけな存在の私」だった。

英会話の講師として子どもたちと接する毎日は、それなりに楽しかった。

当時、両親は父の転勤で種子島に住んでおり、私は実家で愛猫と一人暮らし。同じ市内で一人暮らしをしていた高齢の母方の祖母宅へ、安否確認も兼ねてよく顔を出していた。

私は、いつも笑顔の明るくて優しい祖母が大好きだった。

ある時、祖母から「あなたのお母さんはアメリカへ留学したいと言っていたのに、行かせてあげられなかったの。だから、あなたは後悔しないように自分の好きなように信じる道を行ってね」と、告げられた。

ずっとこの言葉は、私の胸の中にあった。

そんな時、ふと新聞の広告に目が止まった。「鹿児島市の姉妹都市ナポリへ派遣事業青少年の翼」とある。職業問わず、市内在住の男女約十名募集とある。旅費の約八十%を市が負担してくれるのも魅力的だ。

ずっと、「自分を変えたい」と見つめ直す機会を待っていた私は、「これだ！」と直観的に感じ、思い切って応募することにした。

一次試験通過の連絡後、高校時代の先輩が「あなたにピッタリな男性がいるから会わせたい」と、うちに連れてきたのが現在の夫だ。

二次試験の前には彼もエールを送ってくれ、見事に派遣が決まった。

ナポリへ行く私を空港まで見送ってくれた。

実は、ナポリへ出発する直前、私だけが市から配布されていた資料とは違うホームステイ先になっていた。先方の都合が悪くなり、急遽、別のホストファミリーに決まったらしい。

期待と不安の中、私を受け入れてくれたホストは、ロッセーラというナポリ大学法学部に通う三十歳の女性だった。彼女は金髪のロングヘアで目鼻立ちがはっきりしていて、まるで女優さんのように美しく一際目立っていた。特に男性のメンバーからは、羨ましがられた。

なぜ私を選んだのか尋ねると、成人式の時に撮った着物を着た私を見て、日本的な感じがしたからとのこと。

法務局勤務の立派なご両親と、フィレンツェで医師をしている二十八歳の弟マリオの四人家族。週末にはマリオも駆けつけてくれ、ロッセーラの彼でオランダ人のエポらと一緒に、ピアノのコンサートに連れて行ってもらい、ナポリの幻想的な夜の街も案内してもらった。

ロッセーラとは、彼女の部屋の隣同士のベッドで眠り、姉妹のように過ごさせてもらった。彼女の運転するバイクの後ろに乗り、ガソリンスタンドや銀行へ行ったりして日常生活を体験させてくれた。

イタリアの食事のメインは昼食。ロッ

ロッセーラ（左）と彼女の父母

セーラのご両親も食事の時間には仕事から戻られて、ずっと一緒にいただいた。食前酒に始まり、前菜・メイン・デザート・食後酒に至るフルコースの料理を二、三時間かけていただく。

ゆったりくつろぎながら家族で過ごすこの時間が、イタリア人にとってとても大切だそうだ。お昼にたっぷりいただくので、朝はコーンフレークのようなシリアルとコーヒーなどの軽食、夜は食べなかったり、食べたい時には軽くいただくのだそうだ。

日本とはずいぶん違う食文化に驚いた。

せっかく、日本から来た私のためにと、ナポリのピザを食べに連れて行ってくれた。ピザは、言わずと知れたナポリが発祥の地である。ナポリ人は、ナポリのピザしか食べないらしい。日本で食べるピザのLサイズが一人前。ただ陽気なイタリア人と一緒だと、なぜか食が進むから不思議だ。

ロッセーラのお父様は、イタリア人にしては無口で、どこか日本人らしい風貌だった。お母様は上品で、ロッセーラと似て女優さんのように美しく、料理も得意だった。

私は慣れない環境で、風邪をこじらせてしまった。

医師であるマリオは英語が堪能だったが、ロッセーラもご両親もほとんど話せなかった。彼女に症状を説明するのだが細かくは伝えることができず、もどかしかった。この時ばかりは「言葉の壁」を痛感した。やはりお互いのコミュニケーションには、言葉が必要である。

ただ彼女は親身になって寄り添ってくれ、薬まで用意してくれた。そんな中、彼のことを聞かれた。私が彼の写真を見せると、「今度は彼と一緒に来てね」と、言ってくれた。ナポリを離れる際はお互い号泣し、抱き合って別れを惜しみ、再会を約束した。

派遣事業は、ナポリでのホームステイだけでなく、市長への表敬訪問、フランス郊外にある新興都市の見学・老人施設訪問など約二週間という短い日程の中、多彩なプログラムだった。経由先のイギリスでは、添乗員さんにバーに連れていってもらい、アイルランドの黒ビール、ギネスを飲んだ。

この時は、まさか自分がアイルランドに住むなんて思ってもみなかった。

帰国してから、私はすぐに実行に移した。イタリアから日本へ帰化された神父様に、イタリア語を学び、ロッセーラにイタリア語で御礼の手紙を書いて送った。

彼と結婚後もしばらく続けていたのだが、私がイタリア語教本を音読していたら、夫も自然と耳に入り覚えたようだった。

そんな矢先、夫がアイルランドの首都ダブリンにあるトリニティカレッジで学会があるという。イタリアも近い。私も同行して学会帰りにナポリへ行く予定をたて、すぐにロッセーラに連絡すると、とても喜んでくれた。

まさか本当に彼をナポリのホームステイ先に連れていけるとは、夢にも思わなかった。空港からタクシーでロッセーラの自宅まで行くと、ご両親と彼女が満面の笑みで出迎えてくれた。夫のために、お母様は前の晩からリゾットを作ったりと腕によりをかけて御馳走してくださった。

夫は私より流暢なイタリア語で、「オ・マンジャート・トロッポ」（お腹いっぱいです）と話すと、「ブラーボ！」と拍手喝采だった。

ロッセーラのお母様は、ローマ時代のナポリの歴史を一冊の本にまとめられていて、私たち二人の名前と日付にサインをしてプレゼントしてくださった。

イタリア語で書かれているので、いつか翻訳して読んでみたい。

夫とは、私の親友が住んでいるオーストラリアのメルボルンで、新婚旅行も兼ねて私の両親や彼の父親・弟らと一緒に訪れ、現地の教会で挙式した。

その際には、親友と彼女の彼であるクリスが、教会・レストラン・空港までの送迎などすべてをセッティングしてくれた。

その後、彼らも結婚して、今度は夫婦二人でウィーンへ、息子が産まれてからも三人でダブリンにまで来てくれた。

まさか私の人生が、こんなに変わるとは予想もしていなかった。

夫も私と出会うまで、海外とは縁のない人生だった。

アメリカ在住の義姉が、「まさか弟が海外へ出て住むことになるとは、思ってもみなかった」と驚いていたくらいだ。夫は、石橋をたたいて渡るほどの慎重な性格の持ち主。

それが不思議なことに、ウィーンとダブリンに家族五人で住むことになるなんて……。

人生はわからないものである。

たった一度きりの人生、大好きだった祖母の言葉どおり、後悔のないように自分の好きなように、信じた道をこれからも歩いていこうと思っている。


【ウィーンでの生活】


平成十四年十月から家族でオーストリアの首都ウィーンとアイルランドの首都、ダブリンで生活することになった。

当時、○歳（生後六カ月）、一歳、二歳児と年子三人を連れての海外渡航は大変であった。母の協力なくてはスムーズにいかなかっただろう。

ウィーンは六カ月滞在の予定であったが、夫の仕事の延長が決まりビザ申請のため一時帰国。そのあと再び渡航。六カ月延長の予定が、さらに二カ月の延長。トータルで一年二カ月ウィーンで過ごした。

旅行するのと生活するのとは全く違う。また、一人で住むのと家族で住むのも違う。ベビーカーに幼子を三人連れての海外生活。その視点から見た、もう一つのウィーン物語。

もちろん期待もあるが、不安がない訳ではなかった。当時は、携帯電話など普及していない時代。夫も私も持っていなかった。

オムツは売っているだろうか。ミルクは足りるだろうか。幼子への心配は尽きない。日本からウィーンへ送った荷物は、十箱中三箱が紙オムツとミルク缶。

ただ、この心配は杞憂に終わった。世界中どこにでも赤ん坊はいるのだ。オムツやミルクがないはずはなかった。

ウィーンは東京と同じく二十三区ある。私たち一家は、ウィーン市街の西側に位置する十六区に住むことになった。ウーバーンと呼ばれる地下鉄には五つの路線があり、それぞれ色分けされていてとてもわかりやすかった。特に、子連れには助かった。

私たちは、地下鉄の路線3番の最終駅であるオッタークリングの真向かいにある、近代的な二十二階建ての高層マンションに住むことになった。

地下鉄といっても最終駅で折り返し地点だったため、高架橋の上で電車は待機して、またすぐに方向転換して出発する。

　高層マンションからは三百六十度視界が開けていて、ヨーロッパ特有の教会や建物が、地下鉄の電車や路面電車などとうまく融合していて、まるで絵画のように美しかった。

　特に、ウィーンの新年を祝う花火は圧巻だった。新年の幕開けと同時に、皆で示し合わせたかのように打ち上げ花火が上がる。三百六十度ウィーンの夜空どこを見渡しても大輪の華が咲き乱れていた。これは一見の価値ありだ。

　私たちの住まいは十二階であったが、実際は日本の十三階。日光浴もできるくらい広いベランダ付き。眺めも最高だった。

　このマンションの一階（日本では二階）

マンションの部屋から見た地下鉄

にはおしゃれなレストランがあったが、一年間一度も行く機会はなかった。ベビーカー連れにには高級そうなレストランはハードルが高かった。

高架橋の下には、駅のキオスクのように、小さなパン屋、寿司店、花屋、スーパーなどがあった。

ＹＡＭＡＨＡとあったので、バイク関連のお店と思っていたら、寿司屋で驚いた。この店は東京で修業した中国人の男性が経営していた。名前の由来を尋ねると、なんとなく日本ぽいからとのこと。何度かテイクアウトしてお寿司をいただいた。お陰で、少しだけ日本を感じることができた。

残念ながら、私たちがウィーンに滞在している間に、店主はお母様の看病のため母国へ戻ることになり閉店してしまった。

主食は、やはりパンである。ほぼ毎日のようにフェルバーという名の近所のパン屋に通った。

ガラスのショーケースの中に、おしゃれにパンが陳列してある。日本のように、自分の好きなパンを好きなだけ取るのではない。その上、ドイツ語での注文。

正直、とても焦った。ベビーカー連れでも容赦なく淡々と注文を取る。最初の頃は、前の人が注文するのを一言一句も聞き漏らすまいと、耳をダンボ（そばだてて）にして同じパンを注文していた。これが、味気なかったり固かったり。

私の場合、母親譲りの楽観的な性格と、父親譲りの負けず嫌いの性格が幸いした。帰ってすぐに、何のパンをいくつ購入したかをメモに取り、辞書やドイツ語教本で調べた。正確かは疑問だが、毎日通い続けているうちに、自然とパンの種類や個数、新商品の注文などもできるようになった。習慣は大事である。

急に甘いパンが食べたくなり、日本のアンパンそっくりなパンを購入して勢いよく食すると、とてつもなく酸っぱかった。これこそウィーン名物、マリレン（あんず）だった。焼きたてのバゲットは香ばしく格別で、夫は早起きしてよく買いに出かけた。こちらの人は、雨の日でもバスケットかごからバゲットがはみ出していても気にしている様子がなかった。

当初は無愛想だった店員さんも一年後、今日が最後だと転勤の旨伝えると、私をぎゅっと抱き締め、子どもたちにはエプロンのポケットからアメ玉を取り出し持たせてくれた。

言葉は通じなくても心は通じあうものだ。

しかし、意思疎通には「言葉」も重要である。

徒歩十分ほどの所には、メルクールという大型スーパーマーケットがあり、新鮮な野菜、果物、肉などが調達できた。

ラベルの絵がかわいくて、玉ねぎドレッシングかと思って購入したら、にんにくドレッシングだった。それからは、野菜などの名前をしっかり憶えてから買うようにした。

チョコレートの種類の多さにも驚いた。ウィーンのケーキといえば、ザッハートルテ。日本人の口にはかなり甘いが、生クリームがのったウインナーコーヒーとよく合う。日本人向けの甘さ控えめ低糖質のケーキは、オーバーラーというお店が取り扱っていて、子どもたちの誕生日にはよく買い求めた。

「日本屋」という日本やアジアの食材などを売っているお店もあり、ときどき利用した。お米や納豆、かつお節などを購入した。日本産のお米ではなく、タイ米のような細長い形状の長粒米しか売ってなかった。値段は日本の二、三倍くらい。日本人の店員さんもいて、配達も可能だった。

住居は広々として、ほとんどの家具が備え付けられていて、準備するのはテレビと洗濯機くらいだった。

一階のランドリールームに共同の洗濯機があったのだが、ドイツ語表示に加えドイツ製のドラム式。何度か試したものの、脱水できていなかったり半乾きだったり。結局、簡単な操作でわかりやすい表示の洗濯機を近くの家電店で購入した。乾燥は、室内の暖房で十分だった。

この洗濯機は、ダブリンに引っ越す時、ランドリールームで出会って仲良くなったユーゴスラビア人のオギサが喜んでもらってくれた。

テレビは、日本のＮＨＫのように受信料を払うよう、何回か訪ねてきた。現地のテレビ局の放送は、ほとんど観ることはなかった。三人の子どもたちのために日本から持参した「お母さんといっしょ」のＤＶＤやディズニーシリーズ、他にも映画の作品を観たりした。

ところが、ＤＶＤを観ながら大声で歌ったり踊ったり楽しく過ごしていたのも束の間、隣人から苦情がきて悩まされた。

両隣あったのだが、片方は韓国人家族で、もう片方は一人暮らしの女性だった。この女性がとても神経質な人で、壁越しに「トントントン」「トントントン」と何度もされ、苦痛だった。狭い空間に幼子三人、うるさくて当たり前。

日本は玄関で靴を脱ぐ習慣があるが、ウィーンの住居には玄関らしいスペースはなく、部屋と連結していた。

そのため、「コッコッコッ」という靴音と「ガチャガチャ」というドアの鍵の音で、隣人の部屋の出入りの様子が窺えた。

隣人の女性が仕事へ行っている間はなるべく自宅で過ごし、帰ってきたら三人を連れて外出するように心がけた。また、自分たちでフローリングにカーペットを敷いて、できる限り足音が響かないように工夫した。

ベビーカーに〇歳児、両側の持ち手を一歳児と二歳児に握らせて、近所の公園へと向かう。

こちらの公園は、子どもや環境にやさしく、ブランコやすべり台から落ちても安全なように木のチップが敷いてあった。

ウィーンは、多くの公園、ウィーンの森、ブドウ畑など街の五十%近くを緑地が占めているので、散策に適している。

遊具で遊ばせると歩き疲れ、ぐっすり寝てくれた。

私は公園に行く途中にあるクッキーを売っているお店に立ち寄るのが、とても楽しみだった。透明なプラスチック製のケースに星型や月型などさまざまな形をしたクッキーが、とても可愛らしくディスプレイされている。それをグラム単位で注文すると、白い袋に入れてくれる。

街中の観光地では英語が通じるが、このお店では通じずドイツ語での注文。

ここでの単位は、「デカ」を使っていた。ギリシャ語で「十」を意味するらしいが、ドイツ語圏で用いられている。例えば、十デカグラムは百グラム、二十デカグラムは二百グラムである。

自宅近くには書店もあり、夫と私はユーロの硬貨を収集できるコインアルバムを購入した。

当時、イギリスはまだＥＵに加盟していなかった。オーストラリアやアイルランドなど十二カ国が加盟していて、共通のユーロ硬貨と紙幣が普及していた。

硬貨には一、二、五、十、二十、五十セントと一、二ユーロの八種類があるのだが、裏面は各国デザインが違い多彩で興味深かった。

さすが芸術の国、オーストリアの硬貨は八種類すべての絵柄が違った。十二カ国中、すべてのデザインが異なっていたのは、オーストリア、イタリア、ギリシャの三カ国のみ。アイルランドは八種類とも同じ絵柄で、アイルランド最古のハープの絵であった。

スーパーなどで買い物をして釣り銭をもらうと、まずはどこの国のユーロ硬貨かチェックする。夫と私は、楽しみながら競って収集した。お互い持っていない硬貨は譲り合って協力した。

その成果もあり、日本へ戻るまでに全硬貨九十六枚中、八十二枚収集できた。

残念ながら、ヨーロッパの西側で人口約六十万人、神奈川県くらいの広さしかない小国・ルクセンブルクの硬貨は一枚も見付けることができなかった。

いつの日か、このコインアルバムを完全制覇したい。ユーロを導入している国が二十カ国に拡大しているので、残りの八カ国の硬貨も全て揃えてみたい。

もう片方の隣人である韓国人の家族とは仲良くさせていただいた。

看護師のアンナと韓国人を相手に旅行業を営むデイビッド夫妻、二歳と七歳の男の子の四人家族。アンナはとても優しい女性で、のり巻きやキムチを作って持ってきてくれたり、相談にもよくのってくれた。

クリスマスには、ウィーンの教会で催される子どもたち向けのコンサートへ一緒に出かけた。エレクトーン伴奏に合わせて、みんなでクリスマスソングを歌ったり踊ったりして楽しく過ごした。ちなみに、エレクトーン奏者はウィーン在住の日本人女性であった。

私たちは、ウィーンへ行くまで日本人の知り合いは一人もいなかった。

ベビーカーを押して公園から自宅へ戻り、エレベーターに乗ろうとした時、アジア人らしきご夫婦に会った。どちらからともなく、「アーユージャパニーズ?」と同時に尋ねた。

鹿児島の隣県である熊本から、ご主人の留学で私たちより半年ほど早くウィーンへ来られていた。

お二人は私たちと同じ階の反対側に住まれておられたが、お風呂がなくシャワーのみ。景観も何もなく淋しい感じ。うちと比べて、がっかりされていたのが気の毒だった。関係者が決めてくださった住居なのだが、きっと幼子がいるので配慮してくれたのだろう。

奥様は、ご主人が仕事の間はドイツ語の学校へ通われていて、かなり習得されていた。語学学校で知り合ったというアルバニア人の女性と幼子三人と一緒にウィーンの動物園へ行きパンダを見たり、娘を買い物に連れ出してくれたりと面倒も見てくださった。

お二人は一年間の留学を終え、次なる留学先であるアメリカ・ハーバード大学へと旅立っていかれた。

ウィーンでは、現地通訳の仕事をされている京都出身の女性にもお世話になった。この女性、鹿児島の某銀行へ両替をしに行った先の、外国為替担当の方の知人だった。親切にも、私たちがウィーンへ行く直前だったにもかかわらず、いろいろ調べてＦＡＸで彼女の連絡先を教えてくださった。

兵庫からピアノ留学に来ていた青年も、日本で知人からこの通訳の女性を紹介されたとのこと。日本からたった一人で留学してきた青年を、この女性が私たちに紹介してくださった。

この不思議なご縁をきっかけに、私たちは一緒に小旅行をしたりと仲良くさせていただいた。二人は幼子の面倒もよく見てくれた。

この旅が、強風であったり突然大雨に見舞われたりしたお陰で、一生忘れられないものとなった。

大雨の中、雨宿りをしていたワインのお店で、八種類あるワインの中から利き酒ならぬ利きワインをしたところ、四人共同じだったのには、盛り上がった。オーストリア産のザンクト・ローレントという辛口の品種だった。まさしく出会いは宝である。

青年は、ダブリンへ引っ越す手伝いに来てくれ、喜んでテレビを持って帰った。二人共、ダブリンまで来てくれた。

鹿児島からは夏休みを利用して、当時高校一年生で知人の娘さんとその友人が初めての海外ということで、我が家に約二週間ホームステイした。

彼女たちと一緒に列車や渡し舟で行った、世界遺産にもなっているハルシュタットという小さな村は、この世なのかと息をのむほど美しい場所だった。水面に影が映るほど澄んだ湖にカモや白鳥が優雅に泳いでいて、まるで絵ハガキのようである。彼女たちとはペンションにも泊まった。

また、遊覧船に乗ってドナウ川沿いにある修道院跡や城跡を見て回ったり、別の日にはドナウ川で泳いだりもした。

海外での体験は彼女たちにとって、よき思い出になったことだろう。

ウィーン滞在中、十月下旬に初雪が降った。

こちらの雪は思ったよりさらさらしていた。

クリスマス前には駅前の広場に本物のモミの木が山ほど売られていて驚いた。ちなみに、買ったモミの木はクリスマスシーズン後には同じ場所へ返却されるようなシステムになっていた。これは、とてもいい考えだなと思った。

この時期のイルミネーションはどこも煌びやかで、見ているだけでワクワクする。十一月中旬くらいからウィーン各地で催されるクリスマスマーケットには、屋台やクリスマスグッズなどを売るお店が並び、場所によっては移動式遊園地まで出現する。

子どもたちもウィーン大学キャンパス内の移動式メリーゴーランドで、夢のような

クリスマスマーケット

ひと時を過ごした。ただ外は、気温一度、二度の世界。凍えるような寒さ。ホットワインを飲みながら暖をとる大人たちを横目に、早々と退散した。

クリスマス時期には、父が種子島で知り合った青年やオーストラリアからも私の親友夫婦が訪れてマーケットも一緒に楽しんだ。

アメリカからは夫の義姉が来てくれ、東京からは私の義姉が友人と来てくれ、鹿児島からもかつての私の英会話の教え子たちが数人訪れて、とても賑やかなウィーン生活だった。

日本人なら誰でも一度は憧れるヨーロッパ、それも芸術の都ウィーンときけばなおさらだ。

たった一年という短期間にもかかわらず、我が家は千客万来だった。

まだまだ語れる魅力あふれるウィーン、私の中のウィーン物語はまだ続いている。

【ダブリン記】

ウィーンからダブリンへ転居するまでになかなかダブリンの住居が決まらず、予定よりウィーンでの生活が二カ月のびた。

年末に母が再び手伝いに来てくれた。

二度目のウィーン滞在から、日本には戻らずダブリンへと移動。その時も母の協力のもと、新しい住居に無事たどり着いた。

ダブリンでの生活は二年。

音楽・芸術の都、華やかなウィーンとは全くの真逆で、まるで日本の田園地帯へと迷い込んだようだった。北海道とよく似ていて、放牧されているのが牛より羊が多い。牧歌的な風景を堪能しながらドライブすると「ポツンと遺跡」、あるいはＢ＆Ｂ（民家の空部屋と朝食を旅行客に提供してくれる）に遭遇する。

ウィーンでの移動は地下鉄が便利で車の必要性を感じなかったが、さすがにアイルランドのような自然豊かな所では車は不可欠であった。日本から知人に車を手配して

ダブリンの住居

けてもらった。
もらい、船便で約三カ月かかって中古車を届

車のエピソードを一つ。
自宅でゆっくりくつろいでいると、外から「バックします。ピーピーピー」と日本語が聴こえる。窓から覗くと、大きくボディにTOYOTAと書かれたトラックだった。そんな光景に何度か出合った。日本車は性能がいいのか、海外でも人気があるようだ。

夫は、ユニバーシティ・カレッジダブリンといってUCDと呼ばれる国立大学で研究者として働くことになった。ここでまず驚くべき事実が判明した。夫のボス（日本でいう上司）であるホール教授がアイルランドの女性大統領、メアリー・マカリース氏と友人で、彼の研究室は大統領権限のもと建てられたと

メアリー・マカリース大統領とホール教授（中央）

いう。それも新築で、すぐに竣工式なるパーティーが催されたのだ。

当日は、白いマスクと防護服をまとった怪しげな人たちが、両側から中のホールへと入る人間たちに、分厚いホースで消毒剤らしきモノを噴射するという異様な厳重態勢。

なんとそのパーティーに、メアリー・マカリース大統領が出席された。大統領は、目の覚めるような紫色のスーツをビシッと決めて、まるでイギリスの鉄の女の異名を持つサッチャー首相を彷彿させた。

アイルランド人は敬虔なカトリック教徒が多い。もちろん教会でのお祈りの時間や教会主催のイベントも多い。

この国にはヨーロッパ各地やアフリカからの移民も多いため、車で信号待ちしていると窓越しに新聞を売りに来たり、幼い乳飲み子を抱えて物乞いに来たりする。

最初は何もわからず怖かったが、仲良くなった友人たちは躊躇することなく彼らに小銭を与えていた。やはり根本的に宗教が根づいているのだろう。

実際住んでわかったことだが、バルト三国やヨーロッパ・アフリカなどから、仕事を求めて家族で移住している人たちも多かった。

話は戻り、幼子三人を受け入れてくれた、セイントブリッジズチャーチオブアイルランドナショナルスクールは、とても小さな学校で複式学級だった。そのためジュニアとシニアのインファンツ（日本の小学校にはないが、幼児クラス）、ファーストとセカンドクラス（日本でいう一、二年生）のように、四クラスを主体として学んでいた。

上の子ども二人は、ジュニアとシニアのインファンツへ入学を許可してもらい、下の子は同じ敷地内にある日本でいう幼稚園、プリスクールへ通うことになった。

送り迎えは親もしくはマインダーといって、ベビーシッターみたいなもので、こちらでは住居と食事を提供してもらう代わりに、英語を学びつつその家の子どものお世話をしている、ヨーロッパ圏内の学生が多かった。

毎日の送迎をするうちにいろんな人と仲良くなり、三人が学校へ行っている間、各家庭のアフタヌーンティーに招かれ、優雅なひと時を過ごさせてもらった。

言語は、英語とゲール語。私は片言の英語だったが、子どもたちは学校で両方学んでいて覚えも早く、よく通訳してもらった。

私は日本文化の紹介をすることになったのだが、まずこちらの子どもたちが日本をよく知らないことにショックを受けた。地球の裏側、ましてや飛行機の直行便もなく乗り継ぎで十五時間もかかる国である。

日本の伝統的な朝ごはんを紹介したり、沖縄のサーターアンダギーを作って配ったりした。これはレシピが欲しいと好評だった。

特に、日本伝統の遊びである折り紙は、大人にも子どもにも大好評だった。この折り紙を通して私たちは、心が少し通じあった気がする。日本人なら誰でも折れる「つる」や「風船」を折っただけで、熟練した職人のように称讃された。これを機に、私は五、六年生に折り紙の授業をしてくれないかと打診され、快く引き受けた。

余談になるが、「娘と国際交流」と題して地元紙に投稿した父の文を読んで、鹿児島のTさんという方がさまざまな方に呼びかけて、素晴らしい折り紙の作品をわざわざアイルランドまで送ってくださった。また、私も夫と二人でせっせと千羽鶴を折って、たくさんの作品を学校へ寄贈した。

すると、アン校長はじめ先生方も大変感

折り紙交流

動して、学校の廊下に飾り、校内の新聞にも掲載してくださった。帰国時にはサプライズで、額縁入りの手作り刺繍校章と学友全員の写真、そして立派な額縁に入ったアイルランドの地図などをプレゼントしていただいた。

この学校にご縁ができたお陰で、私たちは二度、この国の大統領にお目にかかることになった。なんと教会の二十周年の記念行事として植樹をしに来られたのだ。

今度は、黒い大型ベンツの両端のミラーにアイルランドの緑・白・オレンジの三色入った国旗を掲げ、風になびかせて厳かな雰囲気のもと颯爽と現れた。保護者や関係者はもちろん、私もアイルランドの国旗を振って歓迎した。

大統領は娘のクラスの授業を見学されたとのことで、アイルランドで新調したピンクのワンピースを着た娘に、「ユア・ドレス・イズ・プリティ」と、声をかけてくださった。クラスで唯一のアジア人、きっと目立っていたのだろう。なんて幸運な娘。

ラトビア人のマリアに、「あなたは本当にラッキーよ。アイルランド人でもめったに大統領に会えないのに、二度も会えたなんて」と、驚かれた。

アイルランドをひと言で言うと、子どもに非常に優しい愛の国。私はこの国から「無償の愛」を学んだ。

二年間でなんと夫は、ブラジル・フランス・ギリシャ・ジャマイカと出張続きであった。

その間、私は一人で幼子三人の世話をしなければならなかったのだが、普通なら音《ね》をあげそうなのに非常に楽しく有意義な時間を過ごせた。

というのも、三人を学校へ送ったあとは、友人宅に呼ばれ優雅なアフタヌーンティー、そしてそのまま一人で帰宅。いつもなら学校が終わる頃に迎えなのだが、夫が出張でいない旨伝えていたので、日替わりメニューのように子どもたちは大人気。いろんな家族の元で過ごした。

放課後ピックアップして、自宅庭に備えてあるブランコやトランポリンなどの遊具で遊ばせ、おやつを食べさせて、自宅まで送り届けてくれる。日本人にはない感覚。異常な愛。いやこれこそ「無償の愛」だ。

私たちはダブリン郊外にある賃貸住宅に住んでいたのだが、ここのオーナーとの出会いにも恵まれた。本当の家主はこの家の娘さんなのだが、アメリカ勤務になりご両親が管理を任されていた。

ジョーとエイリーン夫妻。初めて挨拶した時、私はなぜか親しみを覚えた。

アンクルジョーとアンティーエイリーンと呼んだ。お二人には本当に自分の親以上にお世話になった。何度も自宅に招待してもらい、ご夫妻の子どもたち四人の家族とも仲良くさせていただいた。

お世話になったアンクルジョーご夫妻

エイリーンの手料理

二人には八人の孫がいたが全員男の子だったため、私の娘は特に可愛がってもらった。誕生日はもちろん、クリスマスには本物のもみの木を両手いっぱいに抱えて持ってきてくださった。帰国する直前のクリスマスには、自宅でも飾れるサイズのツリーセットをプレゼントされた。これは日本に持ち帰り、毎年我が家のクリスマスツリーになっている。ツリーに飾るオーナメントも、アイルランドの友人たちからたくさんいただいた。

あとで、オーストラリア在住の友人から、賃貸のオーナーとそこまで仲良くするなんて聞いたことがない、と言われたほどだ。

ある日、夫の元へ夫婦同伴での迎賓館への招待状が届いた。

なんと、日本から当時の平成天皇と皇后陛下がダブリンへお越しになるという。

両陛下は、二十五年ほど前に公務でいらした際に、植樹した木がどれだけ成長したかをご覧になるため、今回公務日程にはない非公式でアイルランドまで足をのばされたとのこと。

ただ子どもは連れていけないので、ここはダブリンの両親アンクルジョー夫妻へお願いすると快く引き受けてくださった。

実は、アンクルジョー、すごいお方だった。日本でいうとＮＨＫの元会長職のような方。クリントン大統領とも面識があり、自宅にはツーショットの写真など飾ってあった。そんな立派な方だが、笑顔がとても素敵な謙虚で素晴らしい人格者であられた。

私たちはこのご夫妻のお陰で、日本の天皇・皇后陛下にも謁見できた。一メートルにも満たない距離で、両陛下と夢のようなひと時を過ごせた。

両陛下は三十分ほど立って皆と同じ目線でお話しされ、ご一緒にアイリッシュダンスなどを観賞した。陛下は穏やかなゆったりとした口調でお話しされ、美智子妃はビーズをほどこした白いロングドレスと、お揃いの帽子、そしてとても可愛らしい白のバッグを両手で持たれていたのがとても印象に残っている。

日本人学校、永住者など五グループに振り分けられて、日本人が五十名ほどはいただろうか。

夫は研究者代表で陛下より激励のお言葉を頂戴し、質問に答えたりした。

京都から持参された和三盆の砂糖菓子のお土産を、陛下よりいただいた。私はもったいなくてその場でティッシュに包み持ち帰って、今でも大切に保管している。なぜか夫は、その場で食していた。あとで聞くと、緊張の糸が切れたら、いつの間にか口に入れていたらしい。

両陛下ご夫妻がダブリンにいらした模様を、日本にいた私のいとこがＮＨＫの朝のニュースで観ていたという。すると、ピンクのスーツを着た女性が映り驚いたらしい。紛れもなく私だったからだ。

子どもに優しい国では他にも気付く点があった。

アイルランドという国は、子どもを非常に大切にし、尊重するところだった。必ず子どもの誕生パーティーを親が主催し、クラス全員を招待する習慣があった。映画を観せたり、遊戯場でボーリングやアイススケートなどをさせたりした。プレゼントとカードを準備するのに、悪戦苦闘することもあった。

こちらでは子どもたちがプレゼントをもらうだけではなく、来てくれてありがとうという利他の精神が根づいていた。

娘は二年間で三十回以上も呼ばれた。私たちも三回主催した。

福利厚生では子ども手当が手厚く、他の物品には二十％付く税が、子ども用品には付かず、仲良しのリズは四人の子どもがいて、毎月十万ほど支給されるこの手当てで洋服を買うのが楽しみだと言っていた。私もリズの一番下の赤ちゃんをベビーカーに乗せて、一緒に買い物を楽しんだ。

残念ながら、当時は二年在住歴がないとこの恩恵を受けられなかった。

あまり知られていないが、ハロウィーンはアイルランドが発祥の地である。

我が家の三人の子どもたちもそれぞれ、魔女や魔法使いに仮装して「トリックオアトリート（お菓子をくれないと、いたずらするぞ）」と、言いながら近所をまわった。アジアからの小さな訪問客は人気者で、二時間足らずでお菓子やみかんなどで、すぐに袋がいっぱいになった。

ウィーン滞在中も多くの友人たちが訪れたが、ダブリンも例外ではなかった。特に海外在住組はフットワークが軽かった。

夫の姉は現在もアメリカに住んでいるが、ウィーンもダブリンにも来てくれた。一緒にB&Bに泊まりながら北アイルランドまで足をのばした。トリニティカレッジを見学していたら、アイオワ州の同僚と偶然会った。それにはお互い「イッツ・ア・スモール・ワールド」と驚いていた。

私の心の友でもあるオーストラリア在住

ハロウィーンでの子どもたち

の親友も、オーストラリア人の夫クリスと一人息子を連れて、はるばる一日かけて来てくれた。

不思議な縁で、クリスの祖先はアイルランド系だという。その昔アイルランドでは、じゃがいも大飢饉が起こり、ヨーロッパや各地に多くの人が移住したらしい。ケネディや、レーガン大統領の先祖も移民ということだ。

クリスは自分のルーツを知りたいとの要望で、一緒に遺跡やお墓などを巡った。

ヨーロッパは、古きよきモノ、建築物などをある程度修復しながら保存している。それらを観光名所として、しっかり次世代へ残している。ウィーンではよく新しいモノの前に古きモノがあり、それがなぜか共存していて新鮮に映った。

ウィーンで知り会った京都出身の現地ドイツ語通訳の女性と、兵庫からピアノ留学していた青年も一緒にダブリンへ来てくれた。

また、父が教職在任中に、種子島で知り合った当時東京都立大の学生も立派な青年となり、婚約者とウィーンにもダブリンにも来てくれた。

夫の出張先であるブラジルからもアンドレという研究者が来てくれ、ラトビアのマリーナから教わったナポレオンケーキを焼いてもてなした。

ケーキといえば、クリスマス。

普通はとても大切な日で、家族や親戚と御祝いするのが一般的だが、ぜひアイルランドのクリスマスを体験して欲しいと、娘の同級生ルーシーの両親が、帰国に合わせてダブリンに来ていた私の母と共に、招待してくれた。

これがとても素敵で、お互い両端を引っ張るクラッカーでパン・パンと幕明け。

サプライズに、私たちにマフラーやブローチのプレゼント。腕によりをかけて何時間もかけて焼いたターキーにポーク、クランベリーソースがけハムと芽キャベツ、白と赤の見映えのする人参グラッセとマッシュポテトに緑のグリーンピースを添えて。赤ワインで乾杯。

時間が経つのも忘れ、談笑した。

ルーシー宅でのクリスマスパーティー

デザートはフルーツポンチとクリスマスプディング、それも火であぶってある。ホイップクリームにアイスを添えて贅沢にいただく。そのままだと胃もたれしそうだが、アイスが付くだけでまろやかになる。

最後は、砂糖・コーヒー・ウィスキーに、ホイップクリームを添えた伝統的なアイリッシュコーヒー。

これが絶品で、母はこの美味しさが忘れられないと大絶賛していた。

アイルランドは、黒ビールのギネスやジェイムソンウィスキーも有名である。パブも夜七時までは子ども連れもオッケーで、外食もたまに楽しんだ。

北アイルランドから車で来てくれていた八十歳を過ぎたルーシーのおばあさんも一緒に、なんと六時間もの大宴会で盛り上がった。

アイルランド人の無償の愛と懐の深さには頭が下がる。

平成十六年の英エコノミスト誌が、世界百十一カ国の一人当たりの国内総生産（GDP）、政治の安定、治安、衛生状態、家庭生活などを基準に割り出した「暮らしやすい国」ランキングで一位だったのが納得だ。ちなみに、日本は十七位だった。

当時、私たちがアイルランドに住んでいた年である。

私たち家族は本当に素敵な土地で、夢のような二年間を過ごせてこの上なく幸せであった。

海外に出ると、日本がいかに恵まれた国であるかがわかる。物は豊かだが、心はどうだろう。

悲しいことに現在の世界情勢は決して平和とはいえない。さまざまな事情があるが、宗教を越えて個人を尊重しあえる世の中であってほしい。世界の平和を願わずにはいられない。

すべての動植物、生きとし生けるものに「無償の愛」を注げる私たちでありたい。

第3部　人との出会い

横井美保子さんとの交流

その人との出会いは、私がＮＨＫのラジオ深夜便「明日へのことば」をたまたま聴いたことから始まった。平成二十四年七月一九日のインタビュー、再放送らしかった。それまでの私は、深夜便を聴く習慣はなかった。「明日へのことば」は明け方四時五分からである。めったに聴けるものではない。たいていの日が、熟睡中である。

その再放送を聴いたことがご縁で、私の二人の友人を巻き込みながら、楽しい交流へと発展していった。

その人とは、元日本兵横井庄一さんの奥様、横井美保子さんである。

横井庄一さんと言えば、戦争が終ったあともグアム島でジャングルの中に穴を掘り、二十八年間潜伏生活を送った人である。現在では知らない人の方が多いだろうが、毎年終戦記念日が近づくと、横井さんが飛行機のタラップを降りてくるシーンが、テレビで何回も流される。今まで何十回見たことだろう。

横井さんは、昭和四十七年一月二十四日にグアム島のタロホホで島民に発見されて、二月二日に日本に帰国、即検査入院、四月二十五日退院、故郷の名古屋に帰られた。

同年、十一月三日に京都出身の美保子さんと結婚、庄一さん五十七歳、美保子さん四十四歳、二人とも卯年で意気投合されたのだとか。

美保子さんはそれまで独身を通し、結婚はしないと決めていらしたと聞いた。横井さんがお見合いをされるはずだった女性二人が都合が悪くなって、美保子さんは第三番目のピンチヒッターだったそうだ。

横井さんは、初対面の美保子さんに会うなり、「あんたは、わしを見に来ただけだろう」と言われたのだとか。

美保子さんは二人きりになった時、「私は今とても怒っているんですよ。あなたは人に会うなり挨拶もなしで、いきなり『わしを見に来たんだろう』なんて、私に対して失礼ではありませんか。あなたを見るだけのために朝早く京都から来るほど、私は物好きではありません……」と応戦。

横井さんは、彼女の言葉には真実が感じられたので、とっさに思わず「あんたのように怒ってくれる人が好きだ」と言ってしまったそうだ。

何はともあれ、そんな横井さんと結婚された美保子さんは、横井さんが亡くなられたあと、自宅の一部を改装し、「横井庄一記念館」としてご自分が館長となり、週に一回全国から見学にくる人たちに、無料開放された。

私はネパール旅行で知りあった愛知県津島市に住む友人、緑さんに、横井さん宅に連れて行ってほしいとお願いした。

普通は日曜日だけしか開放されていないところを、特別鹿児島からと言って、私の都合のいい日に開けていただいた。

緑さんと二人で訪ねると、美保子さんはスーツ姿で出迎えてくださった。平成二十五年五月のことだった。

日曜日ではなかったため、私たち二人だけの訪問で、ゆっくりお話できた。

室内には、竹製の魚獲りカゴ、掛軸、屏風、帰郷されてから横井さんが作られたハタ織機、壺類や写真、自作の陶芸品、色紙、寄贈された肖像画、二十八年間潜んでいた穴の模型などが展示されていた。

夢中でお話を伺っているうちに、お昼になってしまった。

緑さんと私は、美保子さんを昼食にお誘いした。最初は「電話がくるかもしれないから……」とやんわり断られたが、「本当に用事のある人はまたあとで電話されますよ」と私が説得し、緑さんの車で有名な「ミソカツ」の店にお連れした。

初めてお会いし、三時間後には、三人で昼食という展開になっていた。美保子さんは、ミソカツをいただくのは、何年かぶりとおっしゃった。

昼食後ついでに、名古屋のことはほとんど知らない私のために、「名古屋城」「徳川美術館」など一緒に見学することになった。

当時八十五歳の美保子さんを連れ回し、その日は大変お疲れだったに違いない。二人で美保子さんを真ん中にして、それぞれ腕を組んで名古屋城の階段を一気に頂上まで駆け昇った。何と無茶なことをしてしまったのだろう。全く考えのない愚かな私だった。

その後も毎年二回は美保子さん宅を訪問させていただいた。いつも大きな温州みかんや甘いお菓子を準備して、私たちを待っていてくださった。

また、横井さんが焼かれた抹茶碗の中で、横井さんが一番気に入っていたという、素敵な花柄入りの器で、お茶も点てて飲ませてくださった。

そのうえ、横井さんが六十歳を過ぎてから始められた陶芸で、いろいろな形の試作品を私たちに何個もくださった。私たちだけでなく、訪ねて来てくださった方々にもさしあげて喜ばれていた。

和歌山から自転車でやって来たという青年二人には、これから人生への船出という意味で、舟の形の器をさしあげていらした。

横井さんは昭和五十四年、自宅敷地に「六十路窯」を建て、独学でくる日もくる日も試行錯誤を重ねられたそうだ。

翌年には東京銀座三越で陶芸展を開催、作品は箱に入れられ、すべて売れたという。

その後も名古屋丸栄、岐阜高島屋、新潟三越、大阪三越、仙台三越などで個展を開催、テレビに出たり、本を出版したり、雑誌などのインタビューを受けたりと、忙しい日々を過ごされたとのこと。

横井さんご夫婦は、平成三年五月春の園遊会にも招待され、その時の写真も飾ってあった。

横井さんは、白内障、胃がん、脱腸と手術を受け、パーキンソン病にも苦しまれ、入退院をくり返し、最後は急性心不全で亡くなられた。平成九年、享年八十二歳。

話を美保子さんに戻し、私たちは美保子さんを緑さんが運転する車で、三重県桑名市の「なばなの里」にもお連れした。イルミネーションが素晴らしいことで有名な

美保子さんがわざわざ私宅に送ってくださった庄一さんの作品

テーマパーク。

国内最大級のスケールを誇るイルミネーションが、大音響の音楽と共に点滅するさまは幻想的で、まるで夢の世界にいるようだ。

光のトンネルをくぐったり、展望台から光の雲海、光の大河など全景を眺めることができる。夜なので、美保子さんを車椅子に乗せて移動した。

同敷地内には「アンデスの花園・ベゴニアガーデン」もあり、四棟からなる大温室で、世界中から集めた約五千鉢のベゴニアや、他の花々を常時鑑賞できる。「天国とはこんなところ」かと、思わせられる神秘的な空間だ。

色とりどりの花々に圧倒される。美保子さんも、うっとりした表情で楽しんでいらした。

緑さんは、翌年も美保子さんを、緑さんの友人が経営するお好み焼き屋さんにお連れしたり、「なばなの里」にも案内し、喜ばれたという。

とにかく緑さんという人は、気が利くうえに、優しく親切な人。美保子さんとの交流は同じ県内ゆえに、緑さんの方が私よりずっと深かった。

私たちは、緑さんが車であちこち連れて行ってくださったお陰で、美保子さんとのおつきあいが続けられた。

イタリアンレストランではピザやパスタ類を三人で分けあいいただいた。美保子さんも

ベゴニアガーデンにて（准子さん、著者、緑さん）

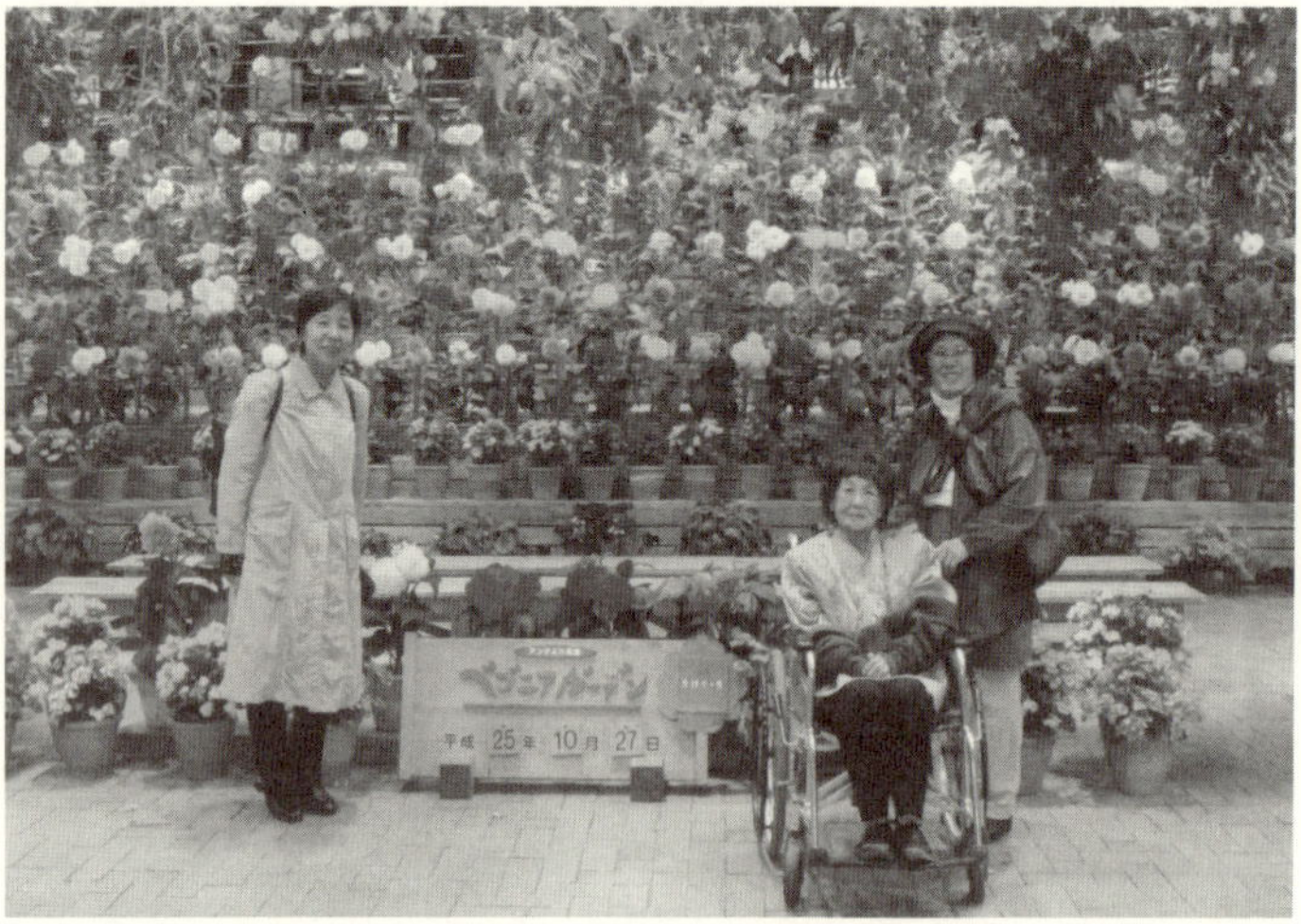

ベゴニアガーデンにて（緑さん、美保子さん、著者）

おいしそうに、召しあがってくださった。

ある時は私たちが持参した品を、一緒に美保子さん宅でいただき、ある時は美保子さんを緑さんの車に乗せて、外食を楽しんだりした。

何回もお会いするうち、どんどん親しさが増し、私たちは親戚のおばさん宅に伺うような感覚になっていった。

美保子さん宅で何時間も過ごし、よく遊んだ。美保子さんは庭も見てほしいと、障子を開け広げ、見せてくださった。

その庭には「つる」が二羽配置されていた。横井さんのお母様が「つる」というお名前で、それにちなみ、横井さんの希望で親子鶴のように建てられたという。

横井さんのお墓参りも、美保子さんと一緒に三回ほどさせていただいた。まさか、あのテレビで何回も見た元日本兵、横井庄一さんのお墓参りができるなんて、夢にも思っていなかった。

お墓参りといえば、歌舞伎役者で俳優でもある中村獅童さんも美保子さんと対談され、横井さんのお墓参りをされたそうだ。

信仰心深く、心優しかった横井さんは、ご自分の四つの願いを病床でポツリポツリと語られたという。

最初の願いは、「自分はグアム島で、カタツムリ、ネズミ、カエルの生命を奪って生きながらえることができたのだから、彼らの碑を建ててやりたい」ということ。

それは、横井さんの死後二年目に、美保子さんのお兄様が設計し、文字も入れてくださり、実現されたそうだ。横井さんのお墓の前に「グアム島の小動物の霊を慰める碑」は、しっかり建っていた。

二つ目の願いは、六十歳を過ぎてから一生懸命に陶器を作ったので、豊田市の民芸館に寄贈させていただきたいということ。それも二百点もの器、掛軸、色紙と寄贈が叶ったそうだ。横井さんは、「書」にも優れた才能をお持ちで、私たちも「和」と書かれた色紙をいただいた。

三つ目の願いは、自分の死後、横井庄一記念館ができたらという希望。それも横井さんの死後十年目に、美保子さんが自宅の一部を改装し、実現。

四つ目は、ご自分の著書『明日への道　全報告グアム島孤独の28年』はグアム島のことばかりで、日本に帰ってからの生活を書いていないから、美保子さんに書いてほしいということ。

美保子さんは横井さん亡きあと、一人で十四年生き、八十三歳で『鎮魂の旅路　横井庄一の戦後を生きた妻の手記』という題で、戦後を共に生きた証しとして、一冊の書物を上梓された。

その『鎮魂の旅路』を持参して、美保子さんに私が初めてお会いした日、美保子さんは「平和への願いをこめて」と大きく美しい文字で、私の本にサインをしてくださった。

『明日への道』は、美保子さんの二人の甥の努力によって、英訳で平成二十一年三月にイギリスの出版社から出版され、イギリスの図書館にも納められているとのこと。

美保子さんは、横井さんの四つの願いがすべてかなったことは、とても不思議なことだと、述懐しておられた。

不思議といえばもう一つ、広島の福山市に住む准子さんのこと。准子さんも、モンゴルやインド、ネパールなどに一緒に旅した私たちの旅友の一人で、美保子さん宅にも何回か一緒に伺った。

その准子さんのお父様は職業軍人で、横井庄一さんの兵隊時代の上官だったということ。そのことを知った私たちは、大変驚いた。

横井さんは、准子さんのお父様のことを憶えていらしたそうで、お父様はとても喜ばれていたという。

名古屋で毎年戦友会が開かれ、横井さんもお元気なうちは参加されていたらしい。

准子さんは、准子さんのお父様と横井さんが交わしていた年賀状を、私にも見せてくださった。お父様亡きあとも大事に保管されていた。

そこで准子さんは、当時尾道にお一人暮らしだった九十歳を越されていたお母様を美保子さんに会わせたいと、名古屋の美保子さん宅にお連れしたそうだ。

准子さんのお母様は、自作の刺し子のテーブルクロスや、もみじ饅頭などたくさんのお土産を持参し、美保子さんとの喜びの出会いが実現できたとのこと。

コロナの流行前で、本当によかった。

その後、准子さんのお母様も亡くなられ、令和四年五月二十七日、美保子さんも九十四歳で亡くなられた。コロナ禍のため、美保子さんは名古屋を離れ、実家となる京都の甥のもとに帰っていらしたそうだ。

令和四年の京都からの年賀状が、私との交流の最後となった。平成二十五年の出会いから約十年、私に美保子さんがくださった封書は十九通、ハガキ九枚、宅急便の送り状一枚が、私の手元に残された。

美保子さんは大変筆まめで、義理堅い方だった。美しい文字で書かれた手紙類、それは私との心の交流の証し、かけがえのない宝物として、そっと身近にしまっている。

晩年の美保子さんのことは、京都の甥のお嫁さんから私に電話があった。救急車で運ばれ、入院されたとの報告だった。

その後まもなく、朝のテレビのニュースで美保子さんの死を知った。何ともいえない淋しさが、胸に広がっていった。

お元気で散歩していられる様子をテレビで拝見していたが、コロナ禍で中断していた私たちの交流。美保子さんは、素晴らしい人格者であられた。

美保子さん、長い間のおつきあい、本当にありがとうございました。楽しかった会話の数々、たくさんの思い出は、私たちの心の中で輝いています。

横井さんご夫婦のご冥福を祈らせていただきます。

この次《つぎ》は　戦《いくさ》なき世《よ》に　生《う》まれきて　父母子等《ちちははこら》と　夕餉《ゆうげ》を囲《かこ》まむ
横井庄一

次《つぎ》の世《よ》は　良《よ》き星《ほし》のもと　生《う》まれこよ　この世《よ》の幸《さち》は　すべてあなたに
二川道子

美保子さんに代わり、美保子さんの気持ちを詠ませていただきました。

毎年名古屋では緑さんのご主人さまに大変お世話になった。車であちこち案内してくださった。帰りはいつも空港まで緑さんと共に送っていただいた。楽しい思い出を沢山ありがとうございました。

美保子さんのエピソード

名古屋市緑区に住む少年が、横井庄一さんの本を見て、一人で訪ねてきてくれたことを嬉しそうに話してくださった。

初めて私と緑さんが美保子さんを外に連れ出し、あちこち歩き回ったあと体調をくずし、その後健康のことを考え玄米食にしたところ、元気を取り戻せたとのこと。

名古屋城の庭を歩き回ったあと、ソフトクリームを食べながら「女学生に戻ったみたい」と喜ばれた。

横井さんには年金がなく、私たちのように毎月お金が入らない。サラリーマンの方々がうらやましい。そのため、洋服は結婚後買ったことはないとのことだった。

当時の両陛下、平成天皇と美智子妃がプライベートのご旅行中、横井さんご夫婦は、講演の帰り、列車が一緒だったらしく、マスコミの方の仲介で、両陛下と向かいあわせに座ることになった。横井さんはコチコチになられ、代わって美保子さんが陛下のご質問に答えられた。

美保子さんは誕生日が陛下と同じ十二月二十三日、私は何回か気持ちばかりの贈り物をさせていただいた。そのたびに丁寧なお礼状が届き、最後の手紙には「大好きな……」と書いてくださり、大変光栄でもあり、恐縮している。

緑さんと私、美保子さんの三人で治水神社にお詣りし、宮司さんにお会いし、社務所でお茶をいただき、会話を楽しんだ。

横井さん宅でいろいろ話してくださった美保子さん

絵の達人・有馬さん

以前から、絵を習ってみたいと思っていた。先生を紹介していただくため、鹿児島市役所に電話してみた。平成二十年一月のことである。電話は女性の声で、元気高齢者として、市に登録している有馬良一さんを紹介してくださった。

鹿児島市は六十五歳以上の市民で、今まで習得した経験、知識、特技を眠らせることなく、社会参加して役立てる元気高齢者活動支援事業を推進している。

ある日、友人と二人で有馬さん宅を訪れた。有馬さんは、特製の箱に大事にしまわれている絵を、何点も見せてくださった。

それは色鉛筆の芯を針のように長く尖らせ、一点ずつ描いてゆく「点描画」というものだった。

一枚にかける制作時間は、約六百時間から二千時間。気の遠くなるようなミクロの作業である。

目が疲れるため一日五時間が限度、完成時の達成感を思うと、やめられないのだとか。

より美しく、写真のように描きたいという気持ちから、試行錯誤しながら「点描画」という方法を、ご自分で編みだされたという。

絵を描く最初のきっかけは、会社勤めをしていた昭和四十三年の夏、会社で昼食をとっている時、隣の家の屋根に一羽の黄色い小鳥が止まったのが見え、それを「かわいいな」と思ったことから始まったとか。

少年時代を過ごした故郷の山や川の懐かしい思い出がよみがえり、会社の机に入れていた十二色の色鉛筆で、その小鳥を思い出しながら、描いたのだそう。

現在は三十六色の色鉛筆を使い、芯を三、四センチも露出させるほど研ぎ、虫眼鏡で確認しながら、ケント紙に一点一点丁寧に打つ。

色鉛筆は先端がすぐつぶれるので、研ぐのが大変だそうだ。余白が見えなくなるまで描き込む、根気のいる作業だ。

その絵のあまりのすばらしさに、驚いた私は、とても自分には描けそうにない、と瞬時に悟った。これは自分が習うよりも、こういう素敵な絵を描き続けている人がいらっしゃるということを、大勢の人に知っていただくことの方が、大事ではないかと思った。

そこで早速私は、池田学園の園長、池田弘先生に学園が発行している総合誌「学び」の表紙に使っていただけないかと打診した。池田先生は絵がご専門だったので……。

快い返事をいただき、これまで新聞に掲載された有馬さんの記事と絵のコピーなどの資料を、池田先生に送らせていただいた。

ねんりんピックぐんま　銀賞受賞作品「ヤマセミ」

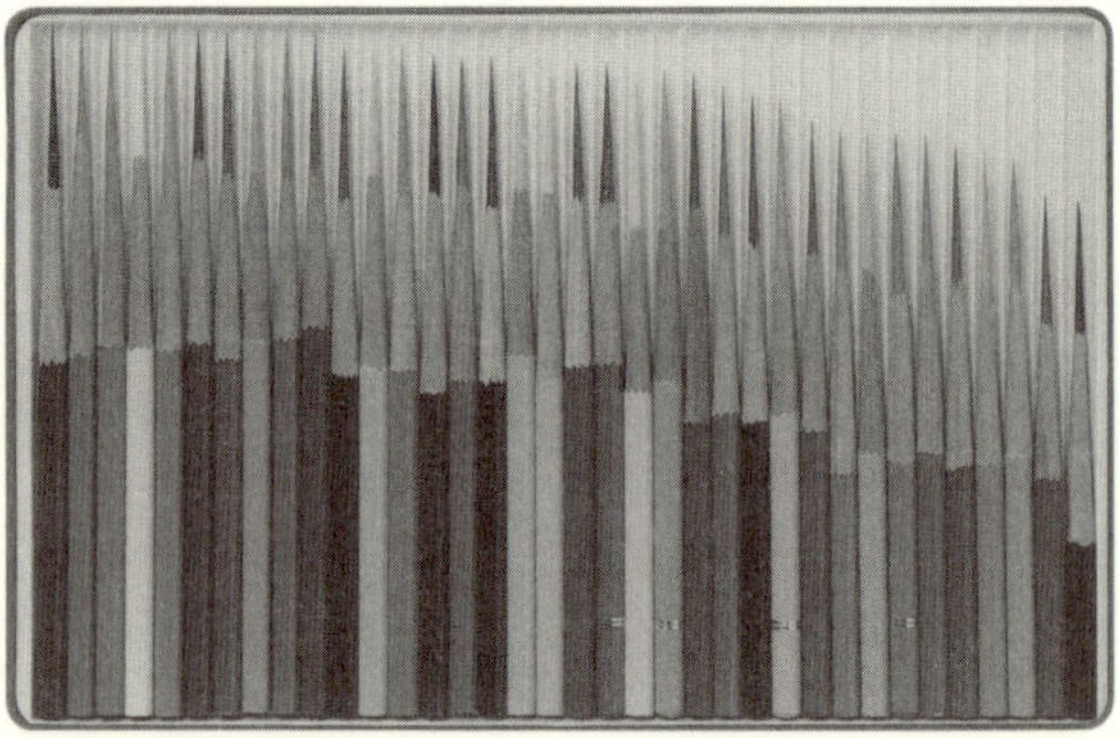

有馬さんの色鉛筆

池田先生は、平成二十年四月発行の「学び」第二十九号に採用してくださった、「コウノトリ」という題で、木の上の巣に三羽の子どもが描かれ、親鳥が子どもに口うつしで、エサを与えている絵。

表紙の裏には「コノハズク」の絵をのせてくださった。また、第三十一号にも「求愛」という題のアカショウビンの絵も、表紙にしてくださった。

その後、学園の文化祭にも何点もの絵を展示してくださり、多くの父兄や生徒の皆さんにも、鑑賞していただいた。

有馬さんは、五、六十種類の鳥の「声帯模写」ができるとのことで、ウグイスなどの鳴き声の実演をされて、子どもたちの興味をひいていた。

また私は、近所に住んでおられる人脈の広いOさんにも、有馬さんのことをお願いしていた。するとOさんは、全国チェーンの大型スーパーでの展示会のお話をもってきてくださった。

ありがたいことに、夏休み期間の原画展だったため、当時東京から帰省していた私の小学生の孫も、その展示を観ることができた。

五十年以上もコツコツと描き続けていられる有馬さんは、まさに努力の人、尊敬に値する人物である。

そんな有馬さんを、全国の人にも知っていただきたく、NHKのある番組に推薦した。私の有馬さんに対する熱い思いをしたためた手紙と資料は、NHKの担当の方にも通じた。

有馬さんは「熱中時間」という番組に出演することになり、平成二十一年九月、ご夫婦で上京された。NHKのスタジオで「鹿児島の熱中人」として、収録が行なわれたという。鹿児島市の自宅でも、有馬さんが実際にケント紙に向かい、一点一点描いている姿がカメラに収められた。真夏の暑い盛りで、大変だったらしい。

余談として、番組の研究所・所長として出演していた薬丸裕英さんが、有馬さんに「僕の両親も鹿児島出身なんですよ……」と話しかけてくださり、緊張がほぐれたとのことだった。

番組は当時BS2とハイビジョンで放送された。再放送もあり、何回も楽しむことができた。現在は、その番組はないようだ。

有馬さんは、これまでに鹿児島市シルバー作品展で特別賞、平成十六年度ねんりんピックぐんまで、第十七回全国健康福祉祭群馬大会美術展で銀賞受賞、平成十九年度第十六回シルバー文化作品展で、特別審査委員長賞、その他数々の受賞歴があられる。

展示会は第一回を山形屋デパートでの野鳥原画展を始めとし、主に九州管内のデパートなどで約三十回ほど開催されている。

鹿児島県内の社会福祉施設、老人クラブ二百カ所も慰問。

これからも全国の人々に一人でも多く、有馬さんの「点描画」を直接ご自分の目で、観ていただきたい。その色彩の美しさと技は、絶品である。だれもが、写真と見まちがえるほど、緻密で精巧な作品だ。特に「ヤマセミ」は、本物がそこに生きて止まっているような美しさで迫真の絵だ。

日本だけでなく、世界中の人々にも観ていただきたいと願っている私です。

四十二年ぶりの再会

私の趣味の一つは、旅行だ。旅で知りあった人の縁で、何と私は四十二年ぶりに、その人に再会できた。

その人とは、群馬県の温泉宿に嫁いだ鹿児島出身の女性。お互い二人目の子どもの出産の時、病院で同室だった。私より五日はやく、男児を出産していた。

その男児につけられた名前が、私のいとこと漢字も発音も同じだった。そのため、私たち二人の話がはずんだ。

どちらもドイツの哲学者のカントにちなんで名付けられたわけではないと思うが、名前はカント（貫人）。

一足先に退院した彼女と、私は住所を交換していた。嫁ぎ先が温泉宿ということで、私の方からお願いして、宿のパンフレットを送っていただいた。

いつ訪問できるか全く予想できないまま、年月だけは四十年を過ぎてしまっていた。

平成二十二年、イスラエルの旅で親しくなった旅行仲間の一人Tさんが、群馬県出身ということがわかり、一気に再会のチャンスが近づいた。

その二年後、私はTさんとその友人、私の友人の緑さんと四人で、箱根や大阪など国内旅行を楽しんだ。旅の最終日に私が温泉宿を訪ねるという計画。

私は何十年も前に送っていただいていたパンフレットと一通の手紙を大事に持参した。当時の封書は二十円、私宅の住所も古い番地で、年月を感じさせる。

上越新幹線で、その名も何となくロマン漂う「上毛高原駅」に一人降り立った。駅前の広場に出ると、私一人のために「釈迦の霊泉奈女沢温泉」と車体に書かれた車が、待っていてくれた。

五月というのに、左手には雪を抱いた谷川岳がそびえている。

雑木林が続く道を走ること約二十分。つきあたりの山の麓に宿が建っている。まわりは静まり返り、空気もひんやりして、まさに「かくれ宿」という感じ。

その昔、戦国時代には上杉軍の傷ついた兵士たちの癒しの場であったとか。

現在は知る人ぞ知る名温泉ということで、有名人も多く訪れるとのことだった。それらの人と一緒に写した写真も見せていただいた。

地下二千メートルから自噴する鉱泉は、万病に有効という。かつて、原爆症の治療に効果があると、NHKで報道されたことが、パンフレットにも記載されていた。

末期がんから生還された人が、何人もいるという。浴槽に浸かり、蛇口から出る源泉水（御神水）を飲むことによって、回復していくのだそうだ。

一泊の予定の私だったが、おかみさんの彼女が「ぜひ、もう一泊してください」とのことで、ご好意に甘えた。

朝晩温泉に浸かるという、ちょっと贅沢な一日を過ごさせていただいた。

仕事で忙しいあいまに、お互いの子どもの写真を見せあい、昔話に花を咲かせた。

おかみさんは、私の二泊の宿泊料もとられず、私は大いに恐縮した。

なお、この宿は朝日文庫の『〝奇跡〟の温泉　医者も驚く飲泉力』朝倉一善著にも紹介されている。

全国から、いろいろな病気が治ったという報告、礼状が数多く届き、室内に展示されている。湯治プランも用意されているようだ。

交通手段は、関越自動車道、水上インターチェンジより約十五分、月夜野インターチェンジからは約二十五分、温泉好きな方はぜひ、訪ねてみてください。

蓑手重則先生

鹿児島県の国語教育に尽くされた蓑手重則先生。大学で四十年間近く勤められた。大学教授であられたが、国語教育の理論と実践の研究に努められ、ご本人は現場の国語教師という意識が強かったとのこと。

私は先生の晩年、亡くなられるまでのほんの二、三年のおつきあいがあった。文学好きの私の友人の一人が、「純粋に私的な文学サークル」として、先生宅で学んでいた。その友人の紹介だった。

私が先生と出会った時は、先生はすでに居を鎌倉に移されていた。

先生は用事を兼ね、年に何回か知人、友人を訪ねるため鹿児島に帰省されていたらしい。

そんな時、私は友人らと共に、先生との会食に参加させていただいていた。ある年は、奥様もご一緒だった。奥様とは、一度きりの出会いだった。全く気取りのない自然体で、すばらしいお人柄と、お見受けした。

先生は大学を退官後、七十五歳の時自叙伝『幾山河』を出版されていて、その本に私にも自筆でサインしてくださった。

さすが国語の大先生らしく、その文は読みやすく、三百ページもスムーズに読めた。

先生はご自分の性格を誠実、勤勉、寡黙、厳正と分析しておられるが、本当に真面目で、穏やかで、驕り高ぶったそぶりなど、どこにも感じられない柔和で素敵な紳士だった。

先生の本の中で感銘を受けたのは、次のエピソードだ。朝の一時間目の先生の講義の時間に、真ん前にいた学生が、机の上に両手を組んでその中に顔を埋めて眠っていた。先生は心中穏やかならず、教壇から降りて行って、いきなり背中を殴りつけた。よろよろと起きあがった学生に、「何で一時間目から居眠りなんかするんだ」と叱った。すると、「まことにすみません。昨夜はアルバイトで徹夜しましたので、今朝は思わず眠ってしまいました。ほんとうにすみませんでした」と学生はていねいにあやまった。

それには先生の方が参って、「いや、そういう事情があったとは知らないで、いきなり殴ってしまって、まことにすまなかった。私が悪かった。許してくれ」と言って、ていねいに頭を下げたというもの。

それから数年後、先生の鹿児島国語研究会の会見で、当時は学生運動のリーダーで偶然受講していたK君が「あの時、先生が自分の非を率直に詫びて、ていねいに頭を下げられた態度は、今も忘れられません」と話してくれたという。

私は今まで先生が生徒にあやまる場面を見たことはない。生徒にあやまることができる先生ってすごいなと思った次第。

先生は、困った時は亡き父親の姿が夢に現われて、「自分の良心の命ずるところに従え、決して自分の良心をごまかすな」と励まされ、その言葉に従って生きてきたと書いておられる。

後年、名誉教授の話も生前叙勲の話も、少しも迷うことなく即座に辞退されたそうだ。とにかく世俗的な地位や名誉には、無欲恬淡な性格で、研究熱心。十数冊の著作、百数十編の論文、二十校近くの小中高の校歌作詞と、先生の業績には驚かされる。私の出身中学校の校歌も先生の作詞である。

先生は明治四十四年、現在の鹿児島県日置郡串木野市荒川の農家の長男として生まれた。二十歳で鹿児島第二師範を卒業、湯田小学校の先生になられたが、休学し東京高等師範学校に入学。二十四歳の時に東京高師国漢会の会長を命ぜられ、北原白秋、島崎藤村、横光利一氏を次々に招いて文学講演会を開催されたとのこと。

講演会といえば、鹿児島ではアイヌ語の研究で有名な金田一京助さんを先生が招待し、昭和三十五年に教育会館で開催された。

「心の小径」という題で、アイヌ集落に入って、アイヌの子どもたちとの交流の話だった。私は当時高校生だったが、中学校の教科書でアイヌのことを習っていたので関心があり、一人で聴きに行った。

後年、私が四十歳の時、地元の新聞の夕刊に毎週一回、十週連続で書かせていただいたエッセーの一回目に、「講演会の思い出」という題で、金田一京助さんのことも他の何人かの講演者と共に、忘れられない一人として登場させていただいた。ソフトな語り口でとてもわかりやすく、「上手だなあ」と感心したものだった。

その講演会を先生が交渉され実現されたことを知り、驚いた。

また先生も私がこの講演を聴いていたことを知り、喜んでくださった。先生にとっても忘れがたい感動的な講演だったとのことだった。

当時、金田一京助さんは八十の坂を越えておられ、先生が肩を貸して壇上に案内されたそうだ。

聴衆は千人以上もつめかけ、通路もうずめて、演壇の下の広い空間まで利用し、立錐の余地もないほどだった。

二時間近いお話が終わると、拍手がいつまでも続いた。旅館に帰られた金田一京助さんは、すっかりお疲れのようで、ふとんの上に放心したように横になって休まれたという。

あの日から六十年以上が経っているが、私の目の前で金田一京助さんが話しておられるお姿は、今でもすぐ再現できる。声まで思い出せる。本当にすばらしいお話だった。

初めは逃げていた子どもたちが、金田一さんが絵を描くと寄ってきた。「これは何？」と聞き、子どもからアイヌ語で「ヘマタ」という言葉をひきだし、どんどんいろんな単語を憶えていったという。

言葉が通じるようになると皆が心を開いてくれ、金田一さんは樺太に四十日間とどまり、たくさんのアイヌ語を集めて、東京に帰られたとのことだった。

蓑手先生は平成三年十一月に奥様が亡くなられたため、奥様が生前親しくしていた方々を訪ねてお礼を述べられることと、ご自分の気持ちを立て直したいということで、私たちに会いに来てくださった。それが平成四年三月の旅で、私たちとの最後の会食となった。

それから約二カ月後の五月三十一日に八十一歳で亡くなられた。前日奥様の納骨をすまされたばかりだったという。

先生は亡くなる当日は、鎌倉の教会で、「わが老いを語る」と題して皆さんの前で、お話しされ、皆さんに深い感銘を与えられたらしい。のちに、その先生の「わが老いを語る」の原稿が、遺族の方から私にも送られてきた。

私はその年の四月、夫の転勤で種子島の南種子に転居していた。転居先を先生にお知らせすると、すぐ返信くださった。

先生も種子島は何回も出かけ、ロケット基地も三回ほどは見学なさったとのこと。平和な島で、ゆっくり命のせんたくを楽しんでくださいと書かれていた。

奥様は十八歳、先生は鎌倉で七十四歳の時に受洗されていたため、先生が亡くなられた翌年五月、先生と奥様の記念会が鹿児島市の教会で行われた。友人と私も参加させていただき、ありし日のお二人のお人柄を偲び、祈らせていただいた。

ご両親亡きあと、二男四女の子どもさんたちは協力して、全国から集まったご両親とのご縁があられた人々の思い出の手紙類などを一冊の本にまとめて残された。

先生が生前詠まれた短歌の一部を題名として『我が人生に悔いはなかりき』。四百二十二ページの本にカラー写真も多く活字も大きめで、読みやすい立派な本にしあがっている。

百数十人と先生の子どもさん、お孫さんなど、それぞれの思いがつづられている。

「小学校国語学習指導書」など多数の著作を著《あらわ》された偉大な先生とわずかな期間でもご縁がいただけたことは、ありがたく、感謝にたえない。

ただ、もう少し長生きしてくださったら、北原白秋や、島崎藤村などのエピソードを聴かせていただけたのにと、勝手な思いをいだいている。

幾山河越えてぞ来しか顧みて我が人生に悔いはなかりき

素秋

＊先生の受賞

一、昭和四十九年　六十三歳
第一回石井賞を全国大学国語教育会より受賞

二、昭和五十二年　六十六歳
第二十八回南日本文化賞（教育部門）を受賞

一期一会

ヨーロッパから羽田着の飛行機で、隣りに座っていらした人。岐阜県、長良にお住まいのBさん。Bさんは、習っているシャンソンの仲間とフランスに行った帰り、私はウィーンからの帰り。

飛行時間が長いため、隣りの座席の人とは、自然にいろいろな話ができる。住所・氏名を交換して、文通が始まった。

私より十四歳年上の女性。岐阜県は私が住んでいる鹿児島県と姉妹県である。徳川時代に薩摩義士が行った宝暦治水工事のご縁で、現在でも教職員の交換留学などの交流が続いている。

私は外国旅行の写真を手紙と共に送り、Bさんは日常生活の報告などをしてくださった。名物のイカナゴやその他の品々を送ってくださったりした。

私もかつお節や、さつま揚げを贈らせていただいたりした。

私がボランティアでウズベキスタンに行くことになった時は、たくさんのお餞別までくださった。ただ、飛行機の座席が隣りで、しかもその後一度もお会いする機会がなかった方。

九十歳を越されてから、いろんな面で気力が衰え、交流も面倒になられたようで、私とのやりとりも終わった。

十年以上続き、絵手紙や封書もたくさん残された。Bさん、美しい文字で、長い間私にいろんなことを教えてくださり、ありがとうございました。

今思い出したが、歌のテープも何本か贈ってくださった。私の人生を豊かにしてくださった方でした。

李　立新さん

ツアーでネパールに行く時、飛行機の座席は、たいてい同じツアー仲間が隣りに座るはずだが、その時は、なぜか私の隣りに座った人は、若い素敵な中国人女性だった。長いブーツをはき、背も高く、おしゃれな女性。日本語が上手で話がはずんだ。お母さまは病気で亡くなられたとのことだった。

私の手帖に住所・氏名を書いてくださった。彼女は京都大学の大学院、理学研究科、植物学教室の留学生で、学会で広州に行くところだった。私たちは広州で乗り継ぎ、カトマンズに行く途中。

ところが学会がすみ、彼女も帰り、私たちツアーも帰り、広州の飛行場でまた彼女に会ったのだ。

私は目が悪いため気づかなかったが、彼女が私を憶えていてくれて、私の苗字を大きな声で呼び止めてくれた。

その再会に、まわりのツアー客も驚いていた。お互いのスケジュールも知らないのに、再び広い広州の飛行場の中で会うとは、びっくり。

その後彼女は中国に帰国したらしく、中国黒龍江省から私にハガキが届いた。

私が京都の住所に『私のウィーン物語』を送っていたところ、中国の方に転送されてきたと記されていた。それを読んだら、

李立新さんから届いたハガキ

ウィーンに行きたくなったという。

彼女の住む哈爾浜市に遊びに来てくださいね、とか友達になりましょうとも、書かれていたが、私が返信しなかったためか彼女とはそれきりになってしまった。

かわいい絵ハガキで、北京オリンピックに来てください、とあるからもう十六年も前になる。

李立新さん、お元気でしょうか。

第４部　私の人生手帖

みちこの人生アラカルト

私自身が持っている中で一番古いもの、私が生まれた日時が書いてある命名用紙。小さな桐の箱に収められた私のへその緒。

母が大事にとっていてくれたのだろうか。いつ頃私の手元にきたのか、全く憶えていない。結婚する時にもたされた憶えもないし……。

とにかく普通の書道用紙に、命名と墨字で名字と名前が書いてある。

生まれた時刻は午前一時三十分となっているので真夜中である。

字は父親のようだ。なかなか立派な整った字だ。その用紙は八十年経た今、少しシミが入り、折り目がわずかに破れている。

二人の妹にも電話で聞いてみた。二人とも持ってはいる。しかし、その経緯は憶えていないという。

とにかく八十年前のものが、よく出てきたものだと感心している。

次に小学校の思い出。小学校時代の賞状が出てきた。昭和二十五年十月十五日、秋季大運動会のもので、種目は「かけっこ」と書いてある。三等だったらしい。

賞状は印刷してあるが、横九・五センチ、縦十三・五センチの小さな紙である。

二年生は校内図画スケッチ大会のもので、右上に「良」と書いてある。こちらは横十二・五センチ、縦十八センチ。

小学三年生では校内作文即席大会で特選、その作文の内容は何も憶えていない。ただ廊下にはりだされていたことは、憶えている。

四・五、六年も図画や習字の即席会、夏休み作品展などの賞状がある。

小さな賞状だが、今まで残っているということが嬉しい。

「感謝状」という賞状が二枚ある。六年生の時、ラジオから歌が流れる番組「朝の童謡」というのがあった。武田薬品提供。クラスで何人か選ばれた。バスに乗って、録音しに行った。放送日が昭和三十年五月九日と七月二十六日となっている。

これも何の歌をうたったのか、全く憶えていない。一曲は「ふるさと」だったような気もするが……。

私の一番下の妹は当時一年生。スタジオに赤いジュータンが敷いてあったことは憶えているらしかった。妹も歌っていた。

私は、マイクが上からつっている光景をかすかに憶えている。それと、私の前に歌った人が、あがってしまい声もあまり出なくて、音程が狂ってしまった様子は憶えている。

私の歌ったうたが、二回ラジオから流れたことは、まちがいない。その音源が残っていれば、聴かせていただきたいと思う。

当時は株式会社ラジオ南日本。現在は、ＭＢＣ南日本放送となっている。

バス代と「パンビタン」という黄色の丸い栄養剤をいただいた。

六年生では、ＮＨＫの合唱コンクールにも参加した。夏休みも朝のラジオ体操後、学校の教室に集まって練習した。

歌、ピアノ伴奏の指導は、二人とも男の先生だった。課題曲は「花のまわりで」、自由曲は「ひつじ」という歌。参加賞にＮＨＫのバッジをいただいた。私はソプラノ担当だった。

中学校の思い出は、私が友人の自転車に乗って、倒れて足を怪我し、期間は憶えていないが学校を休んだこと。

休んでいる間、自転車の持ち主の友人が、学校で学んだことを、私宅に寄って、教えてくれた。お陰で試験の成績も悪くはなかった。

近所に住んでいたその友人は、結婚してからも同じ団地に住み、今でも交流が続いている。子どもも同じ学年で、その娘さんの結婚式には、私と私の息子共々招いていただいた。

高校は進学校だったため、あまり楽しい思い出はなく、ランチをたまに楽しむ友人が、二、三人いるだけである。

三年の時、音大出の中年の女性教師の音楽の時間に、スクリーンに「これは、ベートーヴェンが使ったスプーン」とか、他に小物を写し説明されたが、当時は、昔の遠い世界のことと思い、何の興味もなかった。それが、何十年後かに、ベートーヴェンのお墓参りをしたり、ベートーヴェンが住んでいた部屋を見学したりと、夢にも思っていないことが起こった。私が別に願っていたことではない。でも、ありがたいことだ。天からのプレゼントと思い、感謝の気持ちを忘れまい。

　これからも、楽しく明るくをモットーに残りの人生を過ごしたい。

予期せぬ出来事

　ある日、甲府市教育委員会から封書が届いた。何だろう、今まで全く縁のないところだ。封を切ってみると、「第十五回方代《ほうだい》の里なかみち短歌大会」の入選等について、という通知だった。

「全国から千百四十九首の応募がありました。その中で、あなたの応募作品が特選に選考されました。おめでとうございます」と記されている。

　つきましては、表彰式典を開催しますので、万障お繰り合わせのうえ、ご出席をと続いている。ウソー？　信じられない。応募したことなどすっかり忘れていた。何カ月も前のことだからである。

近所の知人から貸していただいた冊子に募集がでていたので、軽い気持ちでハガキに二首書いて出していたことを思い出した。

入選した短歌はその用紙に記されていたが、もう一首は自分が詠んだのにもかかわらず、すっかり忘れてしまって、今だに思い出せない。それほど自分の短歌が入選するとは思っていないので、記録もとっていなかった。

表彰式会場は、甲府市中道交流センター。当然のことながら、会場までの旅費等は、自己負担。ここは即決。あとで後悔はしたくない。一生に一度のチャンス、行かない手はない。私にとっては、初めての場所、初めての短歌表彰式。東京在住の息子に連絡。自家用車で連れて行ってくれるとのこと。甲府市に一泊のホテルも予約してくれた。

当日二人で会場に行く。会場は別名中道公民館。それほど広い会場ではない。

開式は午後二時からで、中には二十名くらいの人が集まっていた。思っていたより人数は少ない。式順に従い選者の紹介があった。

一般の部、ジュニアの部、選者はそれぞれ三人。会場が別なのか、表彰式の日が違うのか、それらしき人たちはいない。

ジュニアの部の投稿数は二千数百首で、ワシントン日本人学校からも応募があったとのこと。

今回の作品集が会場入口に置いてあった。一冊いただき中を開くと、私の作品は選者が今野寿美さん。二十一ページに短歌と評が載っている。

みたこともない人なのに　いつのまにか方代さんと呼んでいる私

【評】親しみを覚えさせる要因はもちろん複合的。おのずからなる実感にうなずきたくなる。

賞状ばかりではなく、盾までいただいた。七十歳を越してから、盾がいただけるなんて夢にも思っていなかった。

選者の今野寿美先生、ありがとうございました。

甲府市出身の望郷歌人、山崎方代《やまざきほうだい》という方は、大正三年山梨県右左口《うばぐち》村（現在の甲府市右左口町）に生まれ、昭和十六年臨時召集により、東部十七部隊に入隊、戦地で戦傷を負い、終戦後昭和二十一年帰国、鎌倉を中心に作家活動を行い、昭和六十年、七十一歳で亡くなられている。

方代さんは鎌倉に居を構えるまでの間、日本各地を漂泊し、多くの歌人と親交を深められたそうだ。そして、生涯、故郷「右左口」を愛することを心に生きることを貫いたという。

人生の苦しみや寂しさを自分の言葉で、自分に嘘をつかず、型にとらわれず、自在に詠われ、それが幅広い人々に愛誦されているのだとか。

一度だけ本当の恋がありまして　南天の実が知っております　方代

この短歌を一度口にすると、インパクトが強すぎ、忘れられない一首となる。

故郷のあちこちに歌碑や短歌看板が、たくさん建てられている。そんな歌人が他にいるだろうか。いかに方代さんが町民に愛されているかがわかる。

死ぬ程のかなしいこともほがらかに　二日一夜で忘れてしまう

私が死んでしまえばわたくしの　心の父はどうなるのだろう

方代さんの短歌は本当にわかりやすく、楽しかったり、共感できたり、ユーモアがあったりで、親しみやすい。

表彰式後は、息子とホテルに一泊。翌日は山梨県立文学館を見学した。

明治時代の小説家で歌人でもある樋口一葉の両親が甲州市生まれということで、一葉の「たけくらべ」や「にごりえ」の草稿、遺品などが展示してあり、興味深く観賞した。

他にも山梨県出身者やゆかりの文学者の資料などが数多く展示され、充実した時間をすごすことができた。

帰りの車中からは富士山が、これでもか、これでもかと現れて、春の富士山をたっぷり味わうことができた。私、七十三歳の春の出来事でした。

ペンフレンド

約百枚の年賀状の中に、今だに一回も会ったことのない人が一人いる。しかも、その人とは六十年を越すやりとりになっている。

最初はどちらも十代の後半。何の雑誌で知りあったかは忘れてしまったが、当時流行していたペンフレンドというもの。今ではメル友に変わり、ペンフレンドは死語かもしれない。

なかには、二、三回の文通で終った人もいた。最近は年賀状だけの交換になっているが、とにかく現在まで続いている。

十代の後半だったので、どちらも独身、その後結婚、お互いに住所・姓も変わった。相手の女性は、結婚で住所は一回変わっただけのようだが、私は夫の転勤で五回も変わった。

離島に住んでいた時、台風がやってきた。その時、台風見舞いのハガキが届いたことを記憶している。

先日片づけをしていたところ、そのペンフレンドの最初の封書がでてきた。切手は十円。ピンクの桜模様で消印は、昭和三十八年三月十八日と、はっきりわかる。

内容は便箋二枚に、私となら末長く文通友達になれるのではと思い、返事を書いたと記されている。

また、毎日他の人からも便りが届き、悲鳴をあげているとも……。

ご本人は百貨店の中二階のグリルに勤めて約一年になり、これからは結婚シーズンで忙しくなりそうなどと、書かれている。

私はどんなことを書いて出したか忘れてしまっていたが、彼女の便りによると、随筆や紀行文学が好きと記していたようだ。

私が勝手に面白いと感じていることは、私が文通相手の方の顔、すなわち姿形を知らないということである。もちろん声も聴いたこともない。

相手の方は、私が本を出版した時、さしあげたので、その本の中の写真で私を知っていることになる。六十年以上一度も会ったことのない人と、年賀状のやりとりが続いている。

「ギネスブックに登録！」とはいかないものですかね。

その方は京都市にお住まいです。

犬の話

以前、ネコのエッセーを書いたことがある。それを読んだ知人が言った。「ネコ派で、犬は飼っていないと思っていた」と。

しかし、現実にはネコ二匹と犬一匹を同時に飼っていた時期がある。

その犬とは夫の転勤先「種子島」で平成五年に夫の上司からいただいた柴犬で雄。一見、身体は成犬のように大きくなっていたが、動作が幼稚な感じで、生後一年くらいではないかとのことだった。

上司の名前はタカオさん。私の夫の名前もタカオ。発音は同じだが、漢字は違った。ちなみに、上司の奥様は私と小・中学校の同級生で、何十年ぶりかの再会だった。

犬好きで、犬を飼っていた上司のタカオさん宅に迷い込んできたらしい。耳がピンと立ち、なかなか凜々しい顔つきをしていた。

私には柴犬は、どの犬も同じような顔に見える。テレビなどに映った柴犬の顔を見ると、どれも似たような顔に見えて、見分けがむつかしい。

元気な頃のロンと

平成二十三年に亡くなったが、十九年生きた。混合ワクチンを一回打っていただいただけで、病気らしい病気もせず、長生きしてくれた。

最後は白内障で目が見えなくなった。それでも亡くなる三日前まで私と散歩した。

死が近くなると、夜中に何回も泣くので困った。真夜中の一時でも二時でも私は、散歩に連れだした。お陰で美しい星空や月を眺められた。月に金星が近づいた現象も、見ることができた。

思い出はたくさんあるが、種子島はロケット基地で有名である。私たちがいた頃、何回もロケットが打ち上げられた。犬と散歩しながら空を見上げたこともあった。

当時、宇宙飛行士の毛利衛さんと向井千秋さんも、別々であったが種子島に講演にいらした。ラッキーなことに、お二人のお話を聴くこともできた。

特に向井さんは、純国産の大型ロケットH－Ⅱ3号機が打ちあげられた時、見学所で私のすぐ後方に立っておられた。写真もとらせていただき、テレビのインタビューもすぐ目の前で、肉声を聞くことができた。

白いブラウスに山吹色のパンタロンスーツで、颯爽と立っていらしたお姿は、つい昨日のように鮮かに憶えている。

犬との散歩中、私がころんだら犬はリードをつけたまま一目散に逃げだした。もともと野良犬だったせいか、自宅に帰ってきてもなかなか捕まえられなかった。

住宅から何キロも離れた海岸で迷ったこともあったが、感心なことに帰ってきた。つないでいたにもかかわらず、転勤先で隣の奥様に咬み付いたことがあった。丁寧にお詫びし、お見舞い金をさしあげた。

また、三十五度を越す暑い夏の朝、脱走していた。すぐ保健所に電話した。三日目に警察署から電話があった。「お宅の犬らしいのを見つけたので、印鑑を持って引き取りにきてください……」と。

団地の山を下り、温泉近くの川で水を飲んでいるところを、温泉客が見つけて連絡してくれたらしい。すぐ夫が迎えに行った。飛んだり跳ねたりして喜ぶと思いきや、「あんまり喜びませんねェ」と係の人に不審がられたとか。夫いわく「痴呆のようです……」。

黄色の首輪が決め手となり、無事帰宅できた。最後は夫の腕の中で息たえた。名前はロン。六人の孫たちに、ロンくん、ロンくんと親しまれた。命日は一月九日。私の母方祖母と同日であるため忘れない。

最後に、とっておきのエピソード。まだロンが生存中のこと。ある日、私の夢の中にロンがでてきた。何と私に向かってロンが「お母さん、お母さん！」と二回叫んだのである。ワン・ワンではなく、れっきとした日本語。夢なればこそ、夢に不可能はないらしい。

それにしても、だれにでもよく吠えたてる犬だった。以前テレビのコマーシャルで犬が日本語をしゃべるシーンがあったが、私の夢は、そんなコマーシャルなどない、ずっと、前のことである。

海外ボランティア

私と熊本在住の姉は、中央アジアのウズベキスタンに約一カ月行ってきた。私七十歳、姉七十二歳の時のこと。観光ではなく、やさしい日本語や遊びを教えるボランティアとして。

姉の知人の紹介だった。

ウズベキスタンの首都、タシケントから飛行機で約一時間、車で六時間、いくつもの峠を越えた遠い「リシタン」という所。すぐ近くはキルギスという国で、国境が見えていた。

リシタンは陶器で有名だそうだ。植物由来の美しい青色と独得の模様が特徴で、世界から注目されつつあるという。

私たちは「のりこ学級」という小さな日本語学校で、教えることになっていた。何も資格はいらず、誰でもよく、スマホで知って旅の途中でやってきたバックパッカーもいた。期限も決まりはなく、一日でも何日でもいいらしい。

「のりこ学級」とは、かつてウズベキスタンに赴任していたOさんが、退職後の平成十一年に妻の紀子《のりこ》さんの名前を付けて作った日本語学校。教室は二十五人くらいが座れる小さな学校。授業料は無料。

生徒の年齢は、七歳から三十歳までさまざま。だいたい年齢で大きな組と小さな組に分けて、姉は小さい組、私は大きい組を担当した。

夏休みだったため、午前、午後と二回受けもった。

ひらがな、カタカナ、漢字を生徒が持ってきたノートに書いたり、数字の読み方を教えたりした。

休み時間はシャボン玉、オハジキ、折り紙、風船、お手玉遊びなどで楽しんだ。

これらのいろいろな遊び道具は私の旅友の群馬県前橋市にお住まいのTさんが送ってくださった。

私はハーモニカを持参していたので、日本の童謡こいのぼり、ゆりかごの歌、チューリップ、幸せなら手をたたこうなど、吹いて聴かせた。皆、真剣に聴いてくれた。

女の子には手芸で私の得意な「巻きばら」を教えた。布でも紙でもいいのだが、私は薄いピンクの紙で指導した。

　簡単で、とても美しい「ばら」ができるので、子どもたちに気に入ってもらった。バッグやリュックサックにつけている子もいた。

　日常生活はパンとスープが主食で質素。砂漠地帯のため電力、水、紙は貴重。

　気温は四十度を越すが、木陰は涼しい。クルミやアーモンドの木を初めて見た。

　別れが近づくと、子どもたちは、手紙や絵を書いてくれた。日本語学校校長のガニシェルさんからは、感謝状が贈られた。

　最後の日の朝、子どもたちが三十人以上集まって、男女それぞれの代表から日本語でお礼の挨拶があり、感激した。

　当時の写真を見ながら、ときどき思い出に浸っている。

日本の歌を紹介する

帰国してから熊本の姉は、大阪のK先生を通じてウズベキスタンからやってきた高校生と中学生の男の子二人を一週間ホームステイさせた。いろんな人に会わせたり、地元の中学校にお願いして、交流を楽しんでもらったそうだ。どちらの生徒にも喜ばれたという。

また、私たちがウズベキスタンで住んでいた校長宅の隣りの家のディオラという女の子も熊本に来るというので、私も熊本まで行き、姉宅で再会し、一緒に過ごした。

その後、姉はもう一度ウズベキスタンに旅立った。二人で行ってから五年後だった。教え子たちはそれぞれ成長していたが、会いにきてくれたそうだ。姉の行動力には脱帽！

子どもたちとお別れする時　左の大人の男性が校長先生

驚いた話・一

「えェー？」と狐につままれたような気持ちになった。ベストセラーになっている、はやりの健康本を買ったつもりだった。

デパートの書籍売場でのことである。少し立ち読みをし、重ねてある本の二、三冊下の本を取りだして、係の人に手渡した。

家に持ち帰ってからも、くさるものではないので、すぐには開けなかった。

数日経ってから開けてみた。自分が買ったつもりの本の題名ではない。どういうこと？

私の頭の中は混乱した。こんなに驚いたことは、私の人生の中でも上位の方だ。

「なぜ？」「なぜ？」買ったデパートの書籍売場に、思考を逆行してみる。重ねてあった本は同じサイズ。一番上は私が買いたいと思っていた本だ。

それは、立ち読みしていた人たちの手垢が付いている。それで、二、三冊下の方の本を取りだした。題名をたしかめもせずに……。緑内障で、片目の視力がほとんどないことと、あわて者の私の性格が原因と推察した。

それにしても、生まれて初めての経験である。買ってから数日経ってしまっている。

自分が買おうと思った本ではなかったので変えてください、とは言いにくい。読んでから返しにきたのではと、疑われる。だからそこは涙を呑んだ。

自分の意思とは違った本の題名は『日本の助数詞に親しむ　数える言葉の奥深さ』。

パラパラ開いてみると、面白そうである。帯に「なんでも（一個）で数えてしまっていませんか」とある。

海にいる時は一匹の魚が、釣り上げられると一尾の魚。雲ひとつない青空、一座の入道雲、一筋の飛行機雲。

日本語には、数えるための言葉「助数詞」が豊富にあります、とも……。

カラフルなイラストが、見ていてとても楽しい。ものの数え方、知らないことが多い。ためになりそうだ。全く興味がない本ではなかったので、驚いたものの気持ちは落ち着いてきた。

表紙がうすいブルーで、似ていた。すでに、自分が持っている本と同じ本を買ったことは何度かある。

今回のようなことは初めてで、私が大いに驚いたというお話。七十八歳の出来事だった。

ちなみにその本はまだ完読していない。数える言葉は、なかなか奥が深いようだ。ゆっくり、じっくり読むことにしよう。

驚いた話・二

昨年末、喪中のハガキが数枚届いた。その中の一枚は、大阪市に住む知人のご主人さまからだった。

私はその知人が亡くなったとはつゆ知らず、以前ハガキを出していた。毎年季節ごとの絵手紙をいただいていたが、今年は届かなかったからである。返信もなく、お元気かしらと気になっていた。

そこで私は、あわてて自分がハガキを書いた日はいつだったか、日記帳を見てみた。何と知人が亡くなっていたその日に、書いていた。

驚いた私は、早速ご主人さまに、気持ちばかりお花代を送らせていただいた。お返しなどされないようにと、一言添えて……。

まもなく大阪から電話があった。知人のご主人さまからだった。

電話に出たとたん、男性の泣き声が聴こえた。それも、大号泣である。ゴーゴーとまるで嵐のような音声。「すみません」とときどきあやまりながら、何とか言葉を言っているようだが、よく聴きとれない。

しばらく聴いていると、少し落ちつかれ、何度も「すみません」とあやまられる。

奥さまが亡くなられて、四カ月以上経っていたが、私の手紙でまた奥さまのことを思い出されたのだろう。お花代が届いたとのお礼の電話だった。

ご本人も、泣こうと思って泣かれたのではないと思う。私の声を聞いて、今まで我慢していた感情が何かに突き動かされ、爆発されたのではと推測した。

それにしても大号泣で、私としては初めての体験で驚いた。おそらく知人のご主人さまも、電話口で号泣されることなど、初めてではなかったかと思う。

ちなみに私は知人のご主人さまの顔も知らない。

「奥さまは、とても素直でいい方でした。きっと、いいところに行っていらっしゃると思います。どうぞ、お身体に気を付けて、お元気にお過ごしください」と、電話をしめくくった。

姉のこと

私には二歳年上の姉がいる。姉は高校卒業後、地元の信用金庫に勤め、三年後の二十一歳で鹿児島市出身の会社員と結婚、女の子二人の母親となった。

夫の転勤で鹿児島から熊本、延岡、長崎、二度目の鹿児島、北九州と転居、最後は熊本のマンションに落ち着いた。

その間、夫は糖尿病が悪化、入退院をくり返し、一年間休職、定年を待たずに退職。長女がスペインに留学していたため、次女と親子三人で三週間バルセロナに滞在、ポルトガル、エジプト、スリランカ、ギリシア、トルコなど観光。夫は六十九歳で亡くなった。姉は四十六歳で友人四人でシンガポールと香港に旅し、その面白さにはまったらしい。中国、韓国、マレーシアのペナン島、オーストラリア、ニュージーランド、イタリア、カナダ、ペルーと次々に旅行。国内も日本一周クルーズに飛鳥とプリンセス号に友人と参加。世界一周もにっぽん丸で百一日間、ピースボートで八十六日間と二度体験している。

ウズベキスタンには私と二人で約一カ月、日本語学校のボランティアで行き、その後姉はウズベキスタンのツアーに参加し、五年前に日本語を教えたり遊んだりした教え子たちに会いに行った。

ミャンマーにもＹＭＣＡの方々と二回訪問している。

姉は旅行するだけではなく、海外の人をホームステイさせ、よく面倒を見ていた。韓国の男女一人ずつ、カナダ女性、スペイン女性、ミャンマー女性、ウズベキスタン男性二人、女性二人、フランス女性親子二人、韓国の主婦と、十二人も受け入れている。

転勤先で多くの友人ができた姉は、交流が幅広い。北九州では、アマチュア無線の免許をとり、何年も楽しんだそうだ。

また姉は鹿児島に住んでいた時から点字を始め、十七年間で点訳百冊を達成したとのこと。

とにかくボランティアにも熱心で、熊本で二年間いのちの電話の講習を受け、自殺予防の電話相談員として十九年間七十五歳までがんばった。

生まれて一カ月未満の子猫を預かり、ミルクを飲ませて育てる子猫ボランティアも七年間、七匹にかかわったという。

また、手先が器用でパッチワークも長年楽しみ、グループで本にも紹介されていた。とにかく手芸が得意でかぎ針でカーディガンや

ボランティアで訪れたウズベキスタンの子どもたちと姉

マフラーを編み、友人の紹介でデパートにも出品したことがあるという。

現在はダイヤモンドフィックスという、ビーズを貼って作る作品にドはまり中。時間が少しでもあると、机に座り制作。十人中九人は「こんなこまかい仕事はできない、したくない」という作業。二ミリぐらいの色つきビーズを、下絵に一コ一コ貼っていく。根気と努力のいる作品作りだ。私などその作品を見ただけで、体験もしないうちから「できません」と言うような代物。

できあがった作品はカラフルで、とてもすばらしい。動物や植物、風景など多種多様。韓国製らしいが、姉は材料を自分でインターネットで取り寄せているという。

私たち姉妹三人も、完成品をいただいた。すでに四十人にさしあげたそうだ。私は「どこかで展示会でもしたら？」と助言したが、姉は、友人、知人にもらっていただき、喜んでもらえることに生きがいを感じているようだ。

私はできあがった作品をラインで送ってもらい、その出来栄えをスマホで見ながら楽しんでいる。

最後に姉の文筆活動について。

姉は二十代から新聞に投稿、いろんな欄にとりあげられている。

熊本に落ち着いた六十二歳から八十一歳の昨年までで、何と百九回も熊本日日新聞に載せてもらっている。その時々に思った感想で、それは姉の人生そのものである。その中から今回、三回分の文を、掲載。病に倒れたあともがんばっている姉にエール！

【追記】

几帳面な性格の姉は下船したあと、「にっぽん丸世界一周クルーズ日誌」「ピースボート地球一周クルーズ日誌」「ウズベキスタン『のりこ学級』ボランティア体験記」「ミャンマー・エイズ孤児院を訪ねた旅日記」を、自分でパソコンを使い、カラー写真をふんだんに入れそれぞれの冊子を作り、記録として残し、友人、知人に配付した。

お陰で、世界一周していない私も、ときどきそれを読みながら、追体験できる。ありがとう。

❀❀❀姉の投稿❀❀❀

【点訳奉仕がんばろう】

久しぶりに郷里の点字図書館をたずね、あいかわらずの点字図書の不足を聞き、私もしっかりがんばらねばと、決心を新たにした。

点字書とは盲人用の本なのだが、特殊な本のため国からの配付は決まっており、数が少ない。盲人の方々は奉仕団による点訳書を楽しみに待っているのだが、なにしろ一字一字点訳しなければならず、一冊の本が点字書では三巻、四巻にもなる。点字自体はとても簡単で、一日で覚えられるのだが、マスあけといって、文章の句切り点がむずかしく、点訳には根気がいる。関係者は「講習を受けても、途中で落後して、奉仕者は一向に増えない」と嘆いておられたが、せっかく点字を覚えられ、点訳奉仕を決心された方は、最後までがんばってもらいたいと思う。

点訳は忍耐力さえあれば、だれにでもできる。県の点字図書館で毎月講習会も開かれており、いつでも指導員が教えてくれる。基礎さえ習えば、あとは〝点字のしおり〟で一人で覚えられるのである。点訳はあくまでも奉仕なので報酬は一銭ももらえない。しかし、一人でも多くの方が盲人を理解して、点訳奉仕をしてくださるようお願いしたい。私も、この手と目の見える限り、がんばるつもりでいる。（鮫島和枝・二十九歳）

【クリスマスの飾りで心彩る】

今年も早いもので、もう師走。猛暑の夏を無事に乗りきり、少しずつ元気を取り戻しました。脳梗塞で倒れて三年半が過ぎましたが、後遺症はよくならず、現状維持を目標にリハビリをがんばっています。

加齢とともに何もかもが面倒になり、やる気が失せている私ですが、師走に入って心がウキウキしています。それは「アドベントカレンダー」とクリスマスグッズでお部屋を飾り付けしたからなのです。

皆さまはアドベントカレンダーをご存じでしょうか。十二月一日からクリスマスまで毎日一つずつ、日付がついた「小窓」を開けていくのです。中にはかわいい絵が描いてあります。「今日はどんな絵が出てくるかな？」と、毎朝開けるのが楽しみです。

アドベントカレンダーを五年間送り続けてくれた友人は、病に倒れて音信不通になりました。私も数人の方に送ったことがありますが、この数年は忘れておりました。今年はふと思い出して、自分用に買ったのです。

ちょっとした仕掛けのカレンダーですが、年末の日々を彩ってくれます。子どもから大人まで楽しめると思います。（鮫島和枝・八十一歳「熊本日日新聞」投稿）

【老い受け入れ手芸を楽しむ】

ここ数年「もう年だから、病なのだから」とすべてを諦め、何の楽しみもなく過ごしていた。

しかし昨年末、クリスマスツリーのダイヤモンドフィックス（ビーズを貼って作るアートパネル）をやり始めて、「老いも病も受け入れ、手芸に専念したい」と決意。がんばる意欲が出てきた。

四年前に脳梗塞で倒れ、搬送先の病院で「もう一人暮らしは無理でしょう」と言われた。

「点滴を二十四時間、二週間続けます。リハビリも開始しますので、がんばってください」

自分では大したことはないと思っていただけに、二週間も点滴とは重症なのだなと悲しくなり、落ち込んだ。

三カ月でやっと自宅に帰れたが、右手足に軽いまひが残った。家でもリハビリを続け、少しずつ元気を取り戻したが、昨年は原因不明の体調不良と膝の激痛があり、倒れた時以上に落ち込んだ。元気も希望も失い、諦めムードだった。

そんな中、百歳近くで他界された瀬戸内寂聴さんの『老いも病も受け入れよう』を再度読み返し、私もスキな手芸に専念して今年一年を過ごそうと決心した。年末にたくさんの材料を注文。すべて完成させるのを楽しみに、がんばる予定である。（鮫島和枝・八十一歳「熊本日日新聞」投稿）

私の海外旅行

私の初めての外国行きは平成十年、娘の結婚式から始まった。夫が定年退職した年、娘の友人がオーストラリアにいたため、メルボルンの教会で娘たちの結婚式を挙げることになった。

当時私は五十四歳。それから毎年のように外国旅行に行くようになった。それぞれの国の感想、体験をつづってみたい。

翌年平成十一年は、長尾弘《ひろむ》先生と共に、私の母、私の近所に住む三人を誘って、中国旅行に参加した。約六十名の団体だった。

上海《シャンハイ》や青島《チンタオ》などを見学した。何と言っても世界遺産になっている黄山《こうざん》は、そのスケールの雄大さに圧倒された。高低差のある奇岩に松林が見わたす限り続いている絶景だった。天気が悪く雨模様で、霧がかかっていたが、長尾先生が両手を広げ祈られると、たちまち霧が晴れ、その全容が現れた。

画家たちが好んで描く、墨絵のような世界が眼前に広がった。

ホテルは、ケーブルカーで登った先にあった。ホテルの必需品であるシーツや食料品などを運ぶポーターたちは、崖で柵のない階段や坂道を一人で天秤で運んでいた。恐い場所だと思った。人に押されたり転んだりしたら、すぐ崖下に落ちるからだ。

平成十四年はウィーンへ、十五年は娘たちの引っ越し手伝いでダブリンへ。

平成十六年はまた長尾先生の一行、六十四人とモンゴルへ。モンゴルの大草原で初めて童謡に歌われている「雲の影」というものを見た。狭い土地やビル街では、雲の影など見ることはできない。見わたす限りの大草原では、三十キロメートルを千五百頭の馬に六歳から十二歳の子どもが乗って走る競馬のショーをゴール付近で観戦できた。

モンゴルでは二歳ぐらいになると親から馬をもらって子ども同士競い合い、乗馬は日常とのこと。

長尾先生はキド大統領に招待され、迎賓館へ行かれた。お孫さんの病気を治してほしいとのことで、大統領の部屋に案内されたそうだ。私たちはそこで撮られた写真をいただいた。

オペラ劇場では長尾先生による「癒しの会」があり、馬を走らせてかけつけた人など五百人くらい集まり、腰の悪い人たち一人一人を癒してくださった。

ホテルではモンゴルの人たちとの懇親パーティーが開かれ、お互いの国の歌を交互に唱って、和やかな交流のひとときを過ごした。

ナーダムの祭典も中央スタジアムの特別席で見学できた。ナーダム祭とは国の祝日で、毎年七月十一日の革命記念日から三日開催されるお祭で、世界中から五百人招待されているそう。

モンゴル相撲、競馬、弓射などの伝統的スポーツが行われる行事。

テレルジというところでは、モンゴル民族の移動式住居ゲルに四人ずつ分かれての宿泊。観光客用にいくつも作られている。夜は冷えるのでストーブを焚いて一夜を明かすという体験ができた。

首都のウランバートルでは終日市内観光。自然史博物館では、鉱石、三百億年前の化石、いん石に驚いた。恐竜の骨格標本ではタルボザウルスが圧巻だった。

モンゴルでは私にとっては初体験、馬に初めてさわり、馬に乗せてもらい草原で現地の青年に引いてもらった。ホーミーという独得の歌を唄いながら……。夕陽を浴びながらのこの体験は、もう二度とないと思う。

平成十八年も、長尾弘先生とインドの聖地を訪ねる九日間のツアーに参加した。全国から九十名のうち鹿児島からは私一人だった。デリーまで約八時間。翌日国内線でベナレスへ。専用車四台でお釈迦様入滅の地、クシナガルの涅槃堂見学。

涅槃堂には五世紀頃に造られたと推定される約六・一メートルの巨大な像が、濃いオレンジ色の布で覆われていた。

八十歳でご入滅された時、悲しむ弟子たちに、「これからは自らを灯明とし法をよりどころとせよ」と諭されたという。

ラーマバル塚は、お釈迦様が荼毘に付された塚で、アショカ王によってインド内外に分骨、高さ十五メートル、幅四十六メートルの大きさに驚く。

今回は、観光客はほとんど行くことはないという釈迦族の居城跡、カピラ城跡も見学できた。ただ広いだけで何の建物も建っていないな い。そこに残されていたレンガの一部分というか破片を記念に拾って長尾先生にパワーを入れていただき持ち帰ってきた。

午後からはブッダフット小中学校を訪問、それぞれが日本から持ってきた鉛筆、ノート、消しゴムなどを生徒たちに贈り、交流。

インドの釈迦像

女の子は全員鼻ピアスをしている。目が大きくて男女ともかわいい。

翌日の早朝には、ガンジス河でご来光を拝し、その後お釈迦様が悟りをひらかれたブダガヤへ移動。お釈迦様のご成道を記念して建立された大菩提寺参拝。

法華経ご説法の地、霊鷲山はかなりの坂道を汗をかきながら登った。そこで長尾先生は瞑想され、その後私たちにお釈迦様のことをお話ししてくださった。

平成十九年は長尾先生とネパールに行く予定だったが、出発予定寸前に先生が亡くなられたため、申し込みしていた四十人ほどで行くことになった。

広州で乗り継ぎ、カトマンズへ。ブッダエアーでヒマラヤ遊覧飛行しながらお釈迦様の生誕地ルンビニへ。

小さなプロペラ機で雪に覆われたアンナプルナ連峰を見学できたことは、大感動。この世の景色とは思えないような山々の美しさ、「あれがマナスルですよ」とパイロットの方が説明してくださった。

昨年も訪問したブッダフット小中学校へ今回は釈尊像を贈呈するということで、その除幕式が行われた。立派な座像で、校長先生とこどもも大喜びされた。

首都カトマンズでは世界遺産パタン市旧王宮広場を見学。木造建築の美しい彫刻に魅了された。しかし、先年の地震によってくずれたようで残念だ。

夜は釈迦族子孫の方々との交流会があり、ネパールダンスを観賞しながら食事も共にした。

このネパール旅行で私は、愛知県津島市出身の緑さんという生涯のソウルメイトとなる人と出会った。感謝の旅である。

翌年平成二十年は、二度目のインドに行くことになった。前回長尾先生と旅行した仲間、六人だけの旅。不思議なことに、そのうち五人は平成十八年のインド旅行で四号車のバスに乗っていた人だった。一人は友人の知人で初対面だった。

ガンジス河では小さな船上からご来光を拝し、お花を流して供養。ヒンズー教徒の沐浴を見学。

昼からは、かの有名な白大理石で作られ

タージ・マハル

たタージ・マハル、左右対称の建物で宮殿ではなく、王妃のお墓を見学。二十二年の歳月と莫大な費用をかけて一六五三年に完成されたといわれている。

他に仏教遺跡やインド門・マハトマガンジー記念館、ショッピングバザールなど散策し、七日間の旅を終えた。

平成二十一年はペルーへ十日間の旅。十四名と添乗員一人の十五名。

北米のヒューストンまで十二時間のフライト。乗り継ぎで首都のリマまで六時間のフライト。

翌日は専用車でナスカに向かう。途中パチャカマ（天地創造者）遺跡を見学。イカという町でサンドバギー車で砂漠をツーリング。この砂漠の風紋が美しすぎた。見わたす限り高低差や穴の大小ありの見事な紋様。現地人の運転手が、フォトーフォトーと叫んでいる。写真を撮りなさいという意味だった。

私は鳥取砂丘も見たことがなかったので、初めて見る流砂が作る砂紋の芸術的な造形に驚き立ちつくしていた。忘れられない光景で、自然の偉大さに脱帽。

次の日はナスカの地上絵を見学する。五人ずつ三機に分乗し、約三十分の遊覧飛行。これが揺れすぎて気分が悪くなった。ここ何十年酔うということがなかっただけに、忘れられない飛行となった。

後年、この地上絵を見るためのセスナ機が墜落して死亡者が七人出たことをニュースで知った。

ペルーといえばマチュピチュ。近くまで行くのに高原列車で一時間半。その前に駅まで二時間のドライブ。ホテルの近くのマチュピチュ村では自由散策。おみやげを買いに出かける。私は布や木箱が好きで、たくさん買った。

しかし、それは、見学中にバス中で盗難にあった。ビニール袋に入れていたのだが、全部ではなく、箱、布それぞれ三個、三枚ぐらい失くなっていた。全部は盗まないのがこちらの流儀なのか、日本円も三千円のうち二千円だけ盗み、千円だけは残してあった。

ペルー・マチュピチュ

マチュピチュの遺跡は、ペルー人と結婚している若い日本人女性がガイドだった。「皆さん、本物ですよ」と呼びかけ説明を始めた。テレビや新聞、雑誌などで見る光景が眼前に広がっている。この景色を見るには、インカ道という昔ながらの道を、かなり歩かなければ見ることはできない。標高二千四百三十メートル、アメリカ人によって発見されてからまだ百年ちょっと、ナゾの多い遺跡らしい。

一五三三年、スペイン人に滅ぼされたとのこと。

次に見学したのがチチカカ湖。琵琶湖の約十二倍とか。ペルー南部とボリビア南部にまたがる淡水湖で、古代湖として有名。

トトラ葦でできた浮島で、先住民の生活様式を見せていただき、交流。物々交換の様子を実演してくれた。室内には小さなテレビもあり、昔とはだいぶ生活が変わったと話していた。世界で最も高い所にある湖で、インカ文明発祥の地ともいわれているそうだ。

ペルーの首都リマでは、リマ名誉市民故天野芳太郎さんが長年にわたり収集したプレ・インカ、インカ時代の土器、織物を展示している天野博物館、ミゲル・K・ガーヨ氏が遺跡より収集した金の装飾品やミイラなどが展示されている黄金博物館を見学。

ペルーは遺跡の宝庫で、まだまだ発掘途上ということだった。近辺にはお宝がいっぱい眠っているような感じを受けた。

平成二十九年には洪水が発生し約十五万人が家を失い、百一人が命を落とし、二十名は行方不明のままだという。

見所いっぱいのペルー観光の発展を願っている。

平成二十二年はイスラエルへ七日間の旅。参加者は十二人と添乗員一人。半数はいつもの旅友の顔見知り。大韓航空で仁川へ。乗り継でテリアビブまで約六時間のフライト。初めて飛行機の二階座席体験。座席の脇にボックスがあり、クツや道具を入れられるようになっていた。足も伸ばせた。

到着後は専用バスでサボイホテルへ。部屋に入ると、タテ柄の白と黒のストライプカーテンが目を引く。あきらかに今までのホテルのカーテンの柄とは感じが違う。面積は日本の四国程度、一九四八年独立宣言。その後四度にわたり、周辺アラブ諸国と戦争。現在もまたテレビで戦況が伝えられている。すでに、三万人以上の死者が出ているという。

私たちが訪問した頃は観光客が多く、ある教会などは何時間も並んで見学したものだった。他国との違いは、鉄砲を構えた一人の兵士が専用バスの中に乗り込んできて、ただ一周して降りて行ったこと。初めての体験だった。

金の大きなドームが象徴のイスラエル、坂と階段が多く、よく歩いた。

私は目が悪いため、旅の初日にバスの降り口の段から落ち、左足を捻挫した。片足を引きずりながら皆さんのあとをついて行った。

　その夜はホテルで同室の人に氷を頼んでもらい、一晩中足を冷やした。ホテルに着くと片足を床につくこともできないほどの重傷だったが、朝になると治っていた。同室の彼女と二人でホテルの近くを散歩した。信じられないような出来事だった。

　散歩では、日本ではあまり見かけないような大きな松笠がいっぱい落ちていて、二個だけ拾って持ち帰ってきた。

　いくつもの教会を見学したあと、イエス時代の船の博物館も見学。その後ガリラヤ湖を遊覧。船に日本の旗をたて歓迎してくれた。船中では、二センチくらいの小さな石に魚のオブジェをつけたネックレスが一個五ドルで売っていた。私は六個求めた。帰国してからその石を見てみると、オブジェの魚の色が、銀色から金色に変わっていた。奇跡は今でも続いていた。

　ヨルダン川では白い服を着た人が数人、洗礼の儀式があり、しばらく見物した。川の色は緑色だった。

　世界最古の聖書の写本が発見されたクムラン、紀元一世紀ローマ軍と最後の戦いとなったマッサダの砦（世界遺産）など見学して死海へ行く。イスラエルとヨルダンの間にある死海は、湖面標高が地球上最低の海面下四百メートルだそうだ。塩分は二十パーセントでどんな人でも浮く。海水には豊富なミネラルが含まれているとのことで、堆積した泥を顔や腕などにぬり、パックして楽しんだ。死海で泳ぐために買った水着は、その後出番が一度もない。浮遊体験後は専用車でエルサレムへ移動。

オリーブ山、嘆きの壁、シオンの丘、最後の晩餐の部屋、イエス誕生の地ベツレヘムなど訪問見学。

今回のガイドは父親が徳之島出身で、西郷隆盛の血をひくという西郷広暁さんという方だった。両親は鹿児島県枕崎市のお寺に住んでいるという。私は帰国してから友人とそのお寺を訪問して、イスラエルでの息子さんのことをお父様に報告した。お母様は外出中とかでお会いできなかった。

ガイドの西郷さんは、ご自分の私生活を赤裸々に語り、聞いていた皆さんは、何よりもそのお話がよかったと感動していた。十九歳でガイドになったそうだ。とても頭のいい方と感じた。忘れられない出会いとなった。

現在のイスラエルに思いを馳せる時、西郷さんの無事を願わずにいられない。

クルーズの旅

平成二十三年は、私のすぐ下の妹と一番下の妹夫婦の四人で「ルビー・プリンセス号」で地中海、エーゲ海、アドリア海クルーズに参加した。ニュージーランドに行く予定だったが、地震でキャンセル、こちらの十五日間のクルーズに切り換えた。乗客定員三千七十名、乗組員数千百名という大型客船。

福岡空港からミラノまでは飛行機、その日はホテル泊まり。翌日は専用バスでミラノ観光。かの有名なドゥオモなどを見学、夕刻乗船。

翌日ベニス観光、ベネチアンガラス工房で作品見学。午後は、クロアチアのドブロヴニクに向けて出港。ベニスの港には大型客船が六隻も入っていて、初めて見る光景で驚いた。

ドヴロヴニクは世界遺産、専用バスで高台から景色を眺める。その美しさはいつまでも目に焼きついている。ブーゲンビリアの花がまぶしかった。翌日は、ギリシャのコルフ島に向け出港。オーストリア皇妃エリザベートが過ごしたアヒリオン宮殿を見学。翌日はやはりギリシャのカタロコン島に入港、オリンピック発祥の地として知られるオリンピアへ。世界遺産の遺跡を観光。午後の自由時間は買物。マグネット六個購入。つり銭が五ユーロ足りないのですぐ引き返し、店員に英語で「今買ったばかりですが……」と言っただけで、さっと五ユーロさし出した。自分でいくらごまかしたかをわかっていた。添乗員から、おつりを確かめないとごまかされると聴いていたのでよかった。

夕方、エーゲ海に浮かぶミコノス島に向けて出港。朝「エーゲ海の白い宝石」と称されるミコノス島に入港。夕方まで自由行動。ステンドグラス調のマグネットや石鹸、ミコノスと刺繍入りの帽子など購入。夜は船中で、マジックショーやジャズなどの演奏を楽しんだ。

翌日は、やはりギリシャのピレウスに入港。午前中は専用バスでアテネ観光。世界遺産のアクロポリス（パルテノン神殿）を

イタリア・ローマのコロッセオ。妹夫婦、妹、私。

見学。小高い丘の上にあり、登るのはかなりきつかった。神殿の半分はブルーシートがかけられ、修復中だった。アテネの街はモダンな都会。

他に国会議事堂、考古学博物館など見学。

夜はトルコのクシャダスに向けて出港。七階のデッキから夕日を見る。リゾート地クシャダスではエフォソス遺跡、聖母マリアの家など見学。お土産にガラスのネックレスや菓子類、マグネット、絵ハガキなど購入。

夕刻ギリシャのロードス島に向け出港。添乗員と世界遺産ロードス島旧市街の散策。風車のある景色が印象的。翌日は有名なサントリーニ島に向けて出港。島では中国人六人の集団結婚式に出合った。

十二日目は終日クルージング。船内の台所を見学。その広さに驚く。

十三日目は世界三大美港の一つ、ナポリに入港。ベスビオス山に朝日が昇る光景に出合う。ジェット船で「恋の島カプリ島」へ。幻想的な「青の洞窟」を二人ずつボートに乗って見学。漕手の体格のいい中年男性が、歌をうたいながら漕いでくれる。天候によっては洞窟に行けない日があるらしいが、私たちはラッキーだった。美しい濃紺の海だった。

その後、ナポリの街を散策。タバコの吸い殻が多く目についた。雑貨店のディスプレイはうっとりするほど素敵。センスがよく見飽きない。いつまでも見ていたい気持ちだった。

十四日目はチビタベッキアに入港。バスでローマへ。約二千年前に建てられた世界遺産の円形の闘技場、コロッセオを道路から眺める。その大きさには圧倒される。最大で五万人以上を収容できたといわれている。「新・世界七不思議」の一つに選ばれているという。

帰りはローマ発チャーター直行便で福岡空港へ、十一時間三十分のフライトで到着。十五日間のクルージングは無事終了。

祖母の故郷「桜島」

桜島は、活火山と共に人が生活している世界でもめずらしい島です。名山の一つで、多くの画家たちが、大作を残しています。現在もプロ、アマチュアを問わず、画家たちの絵心をそそっています。

文学作品にも多くの作家たちが、桜島のことを書いています。なかでも母親が桜島生まれの林芙美子の『放浪記』は有名です。何千回も舞台で演じられました。石碑と石像も立っています。古里温泉にある「花のいのちは短かくて、苦しきことのみ多かりき」の詩は、本人が最も好んでいたとのことです。

人の一生は苦しいことが多く、花のように美しく輝く日はそう多くはない。だがこの世に生まれたことを喜んで生きていこうという、味わい深い歌です。

短歌では、幕末の勤皇家、平野国臣の「わが胸の燃ゆる思いにくらぶれば煙はうすし桜島山」がよく知られています。情熱的な短歌です。

二万人くらいの人が住んでいた昔の桜島は、今よりずっとにぎやかで、どこの村の舟が一番速いか、競争があったそうです。「よいやなー、よいやなー」と、村中の人たちが歌ったり踊ったりして、応援がはずんだとのこと。私の祖母もきっと太鼓をたたきながら、楽しんだことでしょう。踊る姿が、目の前に浮かんできます。

得意の「ハンヤ節」を踊る祖母

現在の桜島には約五千人が住んでいるそうです。面積は約八十平方キロメートル、周囲は五十二キロと小さな島ですが、海の幸、山の幸に恵まれています。

海にはイルカの群れが泳ぎ、タイを始め、回遊魚のカタクチイワシやカンパチなど、さまざまな種類の魚たち、特に水深二百メートルくらいの深海にいる「ナミクダヒゲエビ」という名のエビの漁が行われるのは、世界中で錦江湾だけだそうです。刺身で食べると甘味があって、大変おいしいとのこと。また、一九九三年に錦江湾の水深八十二メートルの海底で発見された生き物「サツマハオリムシ」も知られています。

世界一大きく、おいしい桜島大根は、毎年コンテストがあり、その大きさと重さを競っています。ギネス記録は重さ三十一・一キロ胴回り百十九センチとか。

他にビワ、世界一小さい桜島小みかんは、甘く香りもよく、江戸時代には将軍に献上されていた高級品です。

火山の恵みといえば、温泉。桜島の温泉は島内外の多くの人々を癒してくれています。

周囲はクロマツが林を作り、タブノキやアラカシが森を作っています。

季節がめぐってくると、桜の花が咲き、椿の実からは、私たちが肌や髪につける椿油が作られています。

自然豊かな桜島を故郷に持つ祖母・白浜ワカの魂は、この世での修業を終え、帰りたかったふるさとの浜辺で、自由にミナ（貝）とりなどして遊んでいるかもしれません。

先日、私は友人と二人で西郷隆盛のひ孫、西郷隆夫さんがプロデュースしているK10《けいてん》カフェで、ランチの「桜島灰干し弁当」をいただきました。

百年前から西郷家に伝わる丸い漆塗りの、めずらしい台付茶托に、同じくひ孫の西郷隆文さんが焼かれた湯呑み茶碗でいただいたお茶の味は、格別でした。ゆったりした気持ちで、くつろいだ私の頭の中は、すぐさま明治時代にタイムスリップし、着物を着た老若男女が行きかいました。

その五階の部屋から見える桜島は、富士山のように真っ白い雪におおわれていました。南国鹿児島では、雪の桜島は、めったに見られません。「ラッキー」と叫びつつ、しばらく見とれていました。

昭和十二年に安藤照によって作成された五階の部屋から見降ろす西郷隆盛像も、りりしい軍服姿で、桜島をにらんでいるようでした。

大正三年の大爆発で、祖母のふるさとは溶岩に埋もれてしまいました。

今年、令和六年はその大爆発から百十年の節目となり、マグマの蓄積は続いているそうです。

地元の住民は、防災訓練などに参加し、心の準備を整えているでしょう。願わくは、このままずっとおとなしくしていてもらいたいものです。

桜島は、ふるさとを離れて暮らしている人たちにとっても「心の友、あるいは心の支え」かもしれません。

いつ見ても、どっしりと変わらぬ桜島のように、私も何がおきても、あわてず、不動の心をもって、残りの人生を「楽しく明るく」をモットーにしなやかに生きていきたいと願っています。

一日に七回色が変わるといわれている桜島、鹿児島市の高台から見る景観は、圧倒的な迫力と美しさで私たちを魅了します。「ナポリを見て死ね」という言葉がありますが、ナポリの「ヴェスビオ山」より桜島の方が、はるかに魅力的です。実際に見てきた私は、身びいきではなく、そう思います。

いくばくの涙流せしことありや祖母は百余年しなやかに生く
道子

平成二十八年発行「日本一になった薩摩おごじょ」より抜粋

忘れえぬ一首

『私は忘れない』という有吉佐和子さんの小説がありますが、どんな人にも忘れられない思い出というものは、あるものだと思います。それが良い思い出か、悪い思い出かは、わかりませんが……。

普通、人は他人様の新聞の死亡広告記事を切り抜いて、とっておくということは、ないと思います。

それが、私にはあったのです。今回、このエッセーを書くにあたり、その死亡記事の切り抜きを、他の記事の切り抜きの中から捜し出しました。

それは、横十三センチ、縦六センチ余りの小さな記事です。日付は、平成十年、八月一日となっていますから、もう二十五年も前になります。

紙は茶色に変色していますが、文字は、はっきり読みとれます。

名前も顔も全く知らない、一人の男性の死亡広告。名前の下に（鹿児島大学医学部第一外科元教授、前癌研究会附属病院名誉院長）と生前の職業が、記されています。心不全のため、七十三歳の生涯をとじました。と、そこまでは普通一般の人の広告と、特に変わりありません。

その後に、本人の短歌として、次の一首が添えられていたのです。

むづかしき　手術の朝は　父母や　神に祈りぬ　力与えよ

私はその短歌を、何回もくり返し、口ずさみました。

あゝ、こんなに謙虚な態度で手術に臨まれたお医者様が、いらしたのだ……。

私は嬉しくなってきました。それまで医療ミスや一部の医師の方々の横柄な態度や言葉を、見たり、聞いたりしていましたから……。

すごい！　こんなお医者様こそ、私たち一般患者が望んでいる、理想の姿だと思ったのです。

私は太い黒わくに囲まれたその死亡広告記事を、丁寧に切り抜きました。

それから二十五年、私はこの顔も知らない方の一首を、今日まで一人、折々に思い出し、心の中で歌い続けてきました。

このたび、東京にお住まいらしい遺族の方が、このエッセーを読んでくださったとしたら……。私の想像は、ぐんぐん広がっていきます。

ガン撲滅運動に生涯をささげられた一医師のこの短歌を、これからも私は、くり返し、口ずさみ続けることでしょう。

むづかしき　手術の朝は　父母や　神に祈りぬ　力与えよ

（西　満正）

第5部　私の尊敬する鹿児島の偉人

鹿児島の偉人・一　赤﨑勇さん

鹿児島の偉人と言えば、幕末から明治維新にかけての功臣、西郷隆盛。歴史の教科書で習うので知らない人はいないくらいの全国区有名人。

現代は、二〇一四年にノーベル物理学賞を受賞された赤﨑勇さん。鹿児島県出身者としては初めて。

受賞の理由は、エネルギー効率が高く環境に優しい光源である発光ダイオードの「青色」を開発し、実用化した功績が認められてとのこと。

「青色」は開発が難しく、研究者の間では「二十世紀中には実現不可能」と言われていたという。

しかし、平成元年に青色が開発されたことで光の三原色がそろい、白色を作りだすことが可能になり、一般の照明用として用途が広がったらしい。

困難に挑み続け、青色発光ダイオード（ＬＥＤ）の実現は、「長い道のり」だったとのこと。

光の三原色のうち、最後まで残っていた青色のＬＥＤ化に向け、鍵となる材料「窒化ガリウム」の研究に取り組み、共同受賞者の天野浩さんと、千五百回を越える実験を繰り返し、昭和六十一年世界で初めて窒化ガリウムの結晶化を成し遂げ、平成元年についに発光に成功したのだそうだ。

ノーベル財団が「二十一世紀を照らす」とたたえたＬＥＤ開発。

ＬＥＤは省電力で長寿命という地球温暖化対策としても注目され、世界各地で普及。電子部品の小型化、スマートホンやパソコンのバックライト、信号機などに実用化されているという。

「私の原点は鹿児島にある。夢を持ち、自分の可能性を信じて進んでほしい」と鹿児島の若者に向けてメッセージを残された。

「不屈の研究者」と言われた赤﨑勇さんに若い研究者たちが、続いてくれると、

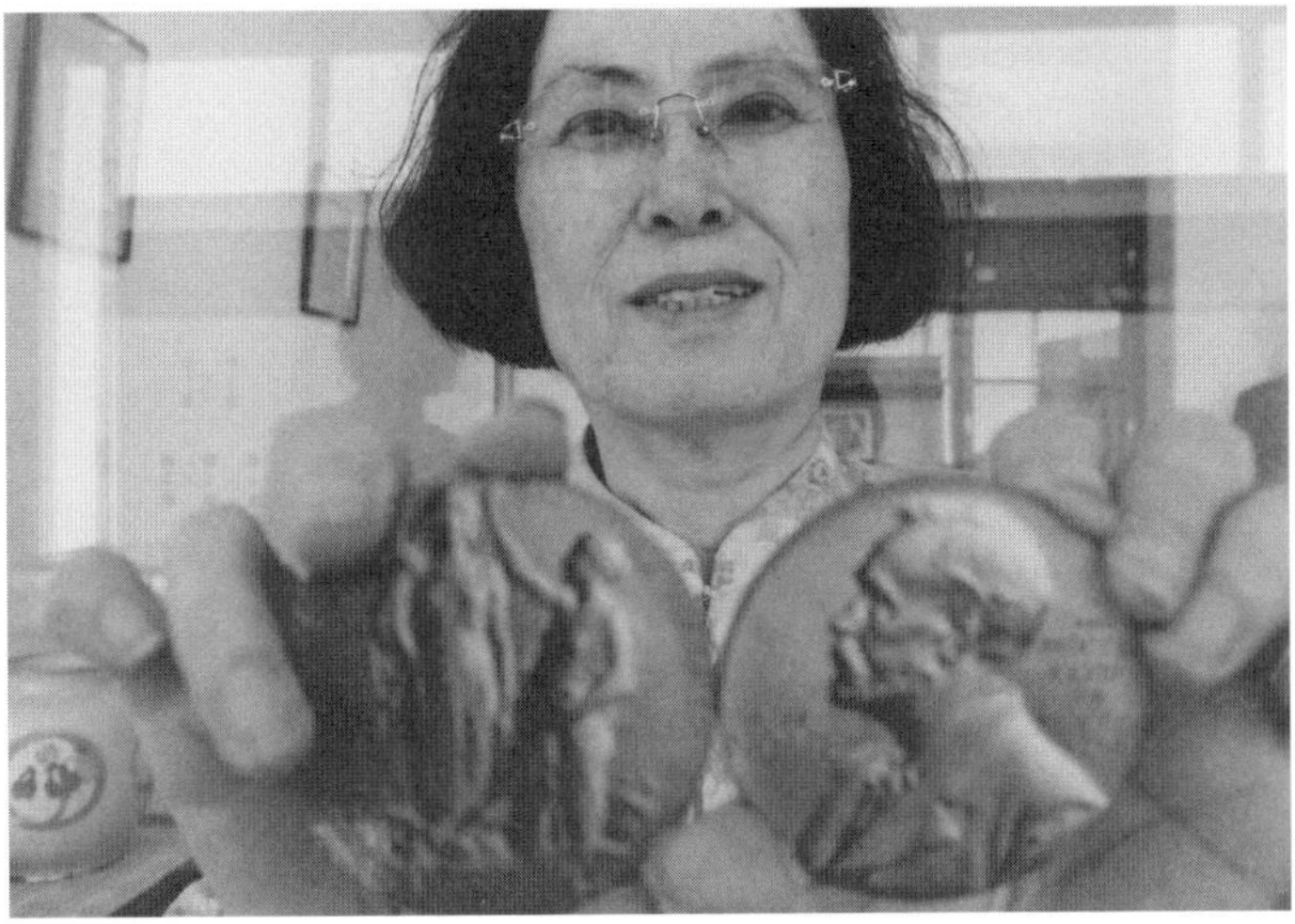

赤﨑勇さんが受賞されたノーベル物理学賞のメダルのレプリカ（名古屋大学にて）

天界の赤﨑さんも喜ばれるに違いない。令和三年四月、九十二歳で逝去。

私と友人の緑さん、准子さん三人は、ノーベル賞受賞当時、名古屋大学に赤﨑さんの研究の足跡が展示してある空間を見学させていただいたが、難しすぎて、何のことか見事に理解できなかった。

学生と一緒に安い学食のカツ重などいただき、ノーベル賞のメダルのレプリカをさわらせてもらい、「ＬＥＤ」のことは理解不能のまま、メダルと共に写真に収まったのだった。

なお赤﨑さんは、勲三等旭日中綬章、京都賞、文化勲章、エジソン賞、エリザベス女王工学賞、南日本文化賞特別賞などを受けておられる。

鹿児島の偉人・二　京セラ名誉会長　稲盛和夫さん

なぜ、この世界的に有名な稲盛和夫さんのことを平凡な一主婦の私が書こうと思ったのか。それは稲盛さんが、私の母方祖父中村良彦が教員をしていた、鹿児島市立西田小学校の卒業生だからである。

私も稲盛さんも同じ小学校で学んだということ。年齢は違うが、住んでおられた場所も近くで、隣り町ゆえ大先輩にあたるから……。

　偉大すぎて、何をどう表現すればいいのかわからないが、稲盛さんのほんの一部分として、読んでいただけたらと思う。

　私は経営者ではないので「盛和塾」のことは知らない。中小企業の若手経営者に人生や経営哲学を教え、国内だけでなく海外にも広がっていたと聞く。

　私が皆さんに知ってほしいことは、経営者として成功された稲盛さんではなく、一人の人間としての生き方である。

「生きていく中で大切なのは、世のため人のために貢献すること」という利他の精神を貫いた方だから、多くの人に敬愛され、郷土の偉人として尊敬できる。

　経営者として得た利益は、いくつも財団を設立し、青少年や研究者、人類の幸せのために使われた。私心を捨てて、仏心を持って実行された方であられた。

　莫大な寄付の裏でのご自分の生活は、とても質素だったと聞いている。

　私たちが日常に使っている携帯電話、それも皆が少しでも安く使えるように通信事業の自由化に伴い、第二電電を設立されたという。一般人の私たちも恩恵をこうむっている。

　生き方や経営に関する本の出版は、自著が五十五冊、共著が十八冊。十九言語に翻訳され、全世界で二千五百万部を越えているとのこと。

この数字を見ただけでも、いかに世界中の人に影響を与えているかがわかる。

稲盛さんの人生は決して順風満帆ではなかった。挫折の連続だったという。

中学受験に失敗し、落ち込んでいる時に結核にかかり、戦時中の空襲で家は焼け、家業は廃業に追い込まれた。

大学も志望大学に落ち、入社した会社は倒産寸前。しかし、置かれた立場で一生懸命、誰にも負けない努力を続けていたら、道は開かれてきたとのこと。

「ど真剣」こそ人生を好転させる秘訣、神が手を差し伸べたくなるぐらいまでがんばれと……。

この世は心を高め、魂を磨くための修業の場とおっしゃっている。

私の心の師、長尾弘先生もまったく同じ教えであった。共感できる。

稲盛さんは令和四年八月に亡くなられたが、その精神は京都の稲盛ライブラリーや鹿児島大学稲盛記念館などで学んでいる多くの人に、時空を越えて受けつがれていっている。

こんな素晴らしい先輩が身近におられたことが嬉しい。

私は一度だけ、鹿児島市のホールでの講演会を聴かせていただいた。素朴な感じで、誠実なお人柄そのもののお話しぶりだった。

六十六歳の時、京都の円福寺で在家得度され、僧名は「大和《だいわ》」。

平成十六年に児童養護施設・乳児院「京都大和の家」を建設し、施設を出た子どもの自立支援金を給付する稲盛福祉財団も設立されている。どこまでも慈愛深い稲盛和夫さんに、最敬礼。

鹿児島の偉人・三　下野竜也さん

三人目の鹿児島の偉人は、現役バリバリの一番星。鹿児島大学教育学部音楽科卒業後、桐朋学園大学音楽学部付属指揮教室で学ばれたという、日本のクラシック音楽の指揮者、下野竜也さん。令和六年現在五十四歳。

令和五年十月五日付で、ＮＨＫ交響楽団正指揮者に就任。早速同団のベートーヴェン「第九」演奏会で指揮を執られた。

今年は日本フィルハーモニー交響楽団の九州公演で、故郷鹿児島でも指揮を執られ、大勢の観客の拍手を浴びておられた。

地元鹿児島では毎年、霧島国際音楽祭が開かれ、下野さんも参加してくださっている。その素顔はサイン会などで拝見したが、柔和で、優しい方だった。

平成八年に、イタリア・シエナのキジアーナ音楽院で、オーケストラ指揮のディプロマ（卒業証書）を取得。読売日本交響楽団で約六年間正指揮者。広島交響楽団音楽総監督、広島ウインドオーケストラ音楽監督を歴任。

平成十二年、第十二回東京国際音楽コンクール（指揮）で優勝。斎藤秀雄賞を受賞して一躍脚光を浴びたのだそうだ。

今後の下野さんの活躍から、目が離せない。

※令和六年四月から、札幌交響楽団首席客演指揮者、広島交響楽団桂冠指揮者に就任とのこと。

第6部　再び「つれづれなるままに」

わが心の遍歴

私は幼い頃から物思いに沈む子どもでした。

〝人間はなぜ、何のために生きているのだろう〟などと、疑問をもっていました……。じっと庭の草花を見つめながら〝人は木がなくても生きられない〟〝空気がなくても生きられない〟〝水がなくても生きられない〟と、この世の自然界の不思議さに絶えず思いを巡らせていた気がします。しかも人間はその水一滴、空気ひと握り、木の葉一枚も作れない存在なのだと、気が付きました。

人がいくら「私は明日まで生きていたい」と願ったり思ったりしても、そのとおりにならないことを、子ども心にもうすうす感じていたようです。それゆえ〝人間も動植物もすべて、何者かに生かされている〟ということに、早くから気付いていたのかもしれません。

そんな私は、少女時代から読書が好きでした。十代の頃『心理の本源』などという現在は絶版になっている外国人の書いた本も読みました。

高校時代にカトリックの信者の一人と同じクラスになり、その友人の影響を受け、当時は教会関係の本をずいぶん読んだものです。

二十歳の時、ごく自然に「洗礼を受けたい！」という気持ちが湧き起こり、だれのすすめでもなく、自らの意思で受洗しました。

その後結婚し、二人の子育てに追われ、心ならずも教会から遠ざかっていました。三十代前半に、夫の転勤で徳之島に三年住み、その間に宗教書はもちろんいろんな人のエッセーなどを読み漁りました。根も葉もあるウソ、といわれる小説類はあまり私の好みではありません。哲学書やノンフィクションと呼ばれているジャンルが、私の好みです。

数多くの本を読んでいるうちに、一つのものに片寄ることは間違いだと気が付きました。

昭和五十四年、高橋信次先生という方の本に巡り合いました。人間の生い立ちとその目的、役割、自然と人間の関係を体系的にまとめ、人間の核心に触れた『心の原点』や『心の発見』、仕事、宗教、宇宙などについて解きあかし、生きる意欲を与える『心の対話』など、他の十数冊の本を繰り返し読み続けました。

次第に心が満たされ、精神の解放感を味わい聖書にあるように「真理はあなたがたを自由にさせるでしょう」という言葉の意味が、実感できるようになりました。

高橋信次先生は私が知る前の昭和五十一年、残念なことにすでに亡くなっておられました。鹿児島にも何回か講演にいらしたそうです。

鹿児島市の中央公民館でも講演があり、当時その講演を聴いたという人との出会いもありました。その後、また夫の転勤で種子島で生活することになり、平成六年、その地で知りあいになった一人から「こんな人がいらっしゃる」と長尾弘《ひろむ》先生の写真と名刺をいただいたのです。

その写真は普通のものではなく、朝から身体全体に黄金の光が発していました。いわゆるオーラと呼ばれているもので、直観的に「すごい！　本物に違いない」と思いました。

その写真のことは、のちにイギリスで特殊なカメラで撮影され、心が乱れている普通の人は後光が違って写るということを、他の人によって知らされました。

長尾先生も高橋信次先生の講演を直接聴かれ「足ることを知りなさい」という言葉によって心に目覚められたのだそうです。いろんな宗教の勉強をされ、たどりついたところが、高橋信次先生の教えだったとのこと。

高橋信次先生は、「釈迦、イエスの教えの原点に還りなさい」と言っておられたとか。既成の宗教は人間が勝手にルールを作り、間違った解釈をし、本来の真理からは遠く離れてしまっているとのご指摘だったようです。盲信、狂信するのではなく、よく「疑問追求しなさい、疑問追求しなさい」と言っておられたそうです。

私も常々現在の宗教のいろんな点に疑問をもっていましたので、その意見に同感でした。神は組織など作れとはおっしゃっていません。人は皆神の前に平等で、神は金持ちにも貧乏人にも同じように雨を降らせ、差別はされず、右にも左にも片寄ることなく調和、すなわちバランス、中道が大事なのだと知りました。

長尾先生の三冊の講演集『愚か者の独り言』を読み、ぜひ先生にお会いしたいと思いました。願いは平成七年、熊本の講演会で叶い、先生は講演後、約八百人ほどの一人ひとりの身体の悪いところを一カ所ずつ治してくださったのです。もちろん無料でした。

私はこの先生についてもっと「心の勉強」をしたいと思い、先生のお住まいの大阪に行くことにしました。

先生は「浄心庵」と名付けた自宅で、月曜日から金曜日までは整体師としてご自分の仕事をしておられます。あとの土、日は全国各地や外国に講演に行かれ、地元大阪では毎月一回講演されるのです。それにあわせて私は母や友人たちと大阪まで毎年一回、ずっと続けて行っています。今年で八年間続けて行っています。

ある年は四日泊まり、ある年は三日泊まりました。「浄心庵」はだれでも泊まれるようになっています。そこで先生の日常生活に触れ、お話も聴けるし、全国各地からいらした人々の科学や医学で割り切れない驚くべき奇跡的な体験談の数々を、直接体験した本人から聴くことができます。

人は生まれによって尊いものではなく、その人の生きざまによって尊いということが、よくわかります。先生の人々に対する無私の行ないを見て、先生こそ世の光、偉大なるお方であると確信できました。何も求めず「ただ、させていただく」という精神で、人々の心と身体を長年癒し続けておられます。そんな先生に今生で出逢えたことが、私の人生における最大の喜びとなっています。

キリストが「わたしのごとく生きた者は、私以上の力を現わすであろう」とおっしゃいました。まさにそのようなお方が、長尾先生のようです。生き方としては、柔和で謙遜で礼儀正しくありなさい、と教えられます。そして自分自身を苦しめないことと……。

自分を苦しめては絶対に幸せにならないとも……。その他、怒り、愚痴、食欲を消去すること。嫉まない、人さまを誹《そし》らない。恨み、憎しみを持たない。悪口、陰口を言わない。嘘をつかない、盗みをしない。持ち越し苦労、取り越し苦労をしないことなど……。

先生に縁がある人は、本当に幸せだと思います。その教えを実行することによって、心の平安を得ることができるのですから。

私たちは皆それぞれの立場、環境によって修行させられています。それをいかに楽に乗り越えるかが問題だと思うのです。苦しいと思うのも、楽しいと思うのもその人の心次第です。見方、思い方によって「人は変わることができる」ということを知れば、本当に心が軽くなります。「ただ、させていただく」という気持ちの訓練をすることによって、人を恨んだり憎んだりすることも、少なくなってくるようです。

現在の私はお蔭さまで、心平安に暮らさせていただいています。これも立派な「心の師」と「正しい教え」に巡りあったからだと思います。こんなに幸せなことはありません。感謝、感謝の毎日です。（平成十五年十一月）

わが心の師

初めて私がそのかたのお姿を拝見できたのは、平成七年十月、熊本で行なわれたある講演会の会場でした。左側の舞台のソデから手を合わせて出ていらしたとき、なぜか私の目には涙がジワーッとわいてきました。それ以前に知人から「こんな人がいらっしゃる」と、そのかたの写真や名刺をいただいてました。

またご本人が全国で講演されたお話をまとめた『愚か者の独り言』という三冊の本も、すでに読んでいました。

その講演集は、ご自分の体験談などをもとに「人はどういうふうに生きていけば、幸せになれるか」というようなことが説かれています。それがむつかしくではなく、誰にでもわかりやすい言葉で書かれています。まさに「目からウロコが落ちる」とは、このことでした。

そのかたは、反省することによって己の心を知ることを学ばれ、人間を幸せにするもの、或いは不幸にするものは、すべて自分の心の作用によって現われていることを理解され、その結果ご自分がとても幸せになられたので、この方法を一人でも多くの人に知っていただきたいと、十五年前から全国各地で毎月土・日曜日を利用し、講演しておられます。

日本国内ばかりでなく、外国もドイツ、イギリス、イタリア、フランス、オーストリア、スイス、オランダ、ポーランド、オーストラリア、ニュージーランド、インド、タイ、台湾、中国、香港、韓国、ヨルダン、イスラエル、エジプト、カナダ、アメリカ、ギリシャ、ブラジル、モンゴルと地球規模に及んでいます。

そして病気で苦しんでいる人々を、無償で癒しておられます。不思議なことに、そのかたが祈られると、たいていの病気が治ってしまうのです。

私は、かねがね「本当に人を助けたいと思っている人は、無償でなければ本物ではない」という持論をもっていました。

私は縁あって、そのかたがお住まいの大阪は岸和田市磯上町の「浄心庵」なる所に年に一回、今年で六年間続けて友人たちと伺っています。

そこには全国各地からいろんな病気の老若男女が、泊まりがけでやってきます。今年は、ロサンゼルスからきていた人たちと会うことができました。

私自身は、特にどことといって悪いところはありません。ただ、そのかたに元気の「気」をいただきに行っています。そのかたの笑顔に接するだけで、たちまち気分爽快になるのです。

二年前の夏、私はそのかたと一緒に五泊六日、五十人の団体で中国に行くチャンスにも恵まれました。

中国は青島《チンタオ》のホテルで講演され、その後集まった多くの一人ひとりの病気を、短時間で治されました。まるで魔法でもかけられたように、苦しみから喜びの顔へと変わってゆくさまを、眼《ま》のあたりに見ることができたのです。目の見えない人が目を開

長尾弘先生と浄心庵にて

き、もの言えぬ人が言葉を語り、足の立たぬ人が立ち上がって歩き、まさに聖書の中でイエス・キリストが行ったと言われる癒しそのものの光景が、そのかたによって世界中で繰り広げられているのです。

私は二十歳のとき自らの意思で洗礼を受けています。すこしは聖書のお話を知っているつもりです。

キリストの再来のごとき、わが心の師に巡り逢えたことが、私の人生での最高の喜びとなっています。

そのかたの名は、長尾弘《ひろむ》先生といいます。今年七十歳になられます。

次は短歌とは言えないかもしれませんが、直観によって、瞬時にできたもので、平成十一年二月、鹿児島県始良町の「サンピアあいら」にて二百人位の人と先生が会食されたとき、私が皆さんの前で詠みあげたものです。

キリストの再来なりと確信すわが師は清く光り輝く

世界中で聖書の世界くり広ぐ師はキリストの再来ならむ

師のおこす奇蹟の数々何ならむ師こそキリストそのものの人

キリストの再来の師と話するわが前世は師と何の縁

キリストのごとき師とのめぐり逢いわが今生の最高の縁

先生は大変謙遜なかたですから「私はキリストではありませんから誤解しないように……」との当時のお言葉でした。ちなみに、キリストとは「油を注がれたもの」という意味です。

先生は幼い頃（十歳）からたくさんのうたを詠んでいらっしゃいますが、次はごく一部です。

長尾弘　歌集より

その口も耳も閉ざせる乙女あり神の光に即語り出す

うつし世の世の計らいで割り切れぬ奇蹟の数は神の証しか

足腰の萎《な》えて微動も許されぬ人その夜より動きはじめり

五十路過ぎ振り返り見ば我が人生罪と恥との積み重ねなり

神我こそ人々救う力なれ力は愛を行いてこそ

さつまにて数えきれなき人救い心おきなく帰るふるさと

先生のエピソードの一部

○一九八九年にドイツで行われた世界ヒーラーコンテストで優勝された。

○一九九四年インドに行かれたとき、先生と一緒に行った人全員が大統領官邸に招かれて、談笑された。また、マザーテレサさんの方から先生に会いたいとのことで会われた。

○クシナガラの涅槃堂で、お釈迦様の話をしていたら、大きな金箔がたくさん降ってきて、それを拾った人々は、持ち帰ってきている。現地の三つの新聞社がヒンドゥー語と英語で長尾先生が多くの人を無料で治療されたことを報道した。

○イスラエルの教会で、イエスが磔刑《たっけい》になったその終焉の地に建つ聖墳墓教会に祀られている大理石のマリヤ像に祈られたら、マリヤ様の両眼が血管まで浮いて見えるほどに生き生きとしてきて、眉を八の字形にひそめ、悲しそうな表情をされ、涙がとめどなく流れてきた。
○イギリスで十一年間車椅子の生活だった三十五歳の青年が、先生の意識に働きかける治療でその場で立って歩けるようになり、フィアンセと共に喜び、逆に先生を今まで自分が使っていた車椅子に乗せて歩いた。
いずれもの証拠の写真を、私は直接先生からいただいて、もっています。ビデオテープもございます。
○ギリシャでは、長年山にこもって修行された百歳近い修道者に「お、、神様！」と言われた。また二千年前の儀式を、多ぜいの女性が昔の衣装をまとい、踊ってみせてくれた。
○イタリアでは、市民栄誉賞の像をもらわれた。
○一九九九年ブラジル・サンパウロ市より「最高文化功労十字賞」を受賞された。
先生のまわりには、いつも奇蹟がおきています。不思議なことが起きだしたのは、四十歳の頃からだそうです。医者に見放された人、捻挫で足が腫れ上がって歩けない人、腰痛で身動きもできない人、骨折した人などが次々に治り、さらにがんが治った人まで、あらゆる人が癒されています。

工学博士の深野一幸さんの『二十一世紀は宇宙文明になる』という本にも先生が写真入りで紹介されています。

先生ご自身の本は『真理を求める愚か者の独り言』（たま出版）という題で発刊されています。読まれましたらきっと幸せの扉が開くことでしょう。（平成十三年記）

＊長尾先生は平成十九年十月に亡くなられましたが、浄心庵は令和六年十月開門予定。

向井さんとの出会い

「仕事場は宇宙」と心臓血管外科医から宇宙飛行士にさっそうと転身された向井千秋さん。二度も宇宙飛行を成しとげ、世界のヒロインになられたようです。

そんな向井さんに私が出会ったときのエピソードです。

平成七年、夫の転勤で「宇宙に一番近い島」といわれている種子島に住んでいました。

その年の三月、純国産の大型ロケットHⅡ3号が打ち上げられました。

近くの見学場で、その打ち上げの瞬間をカメラ片手に今か今かと待っていると、夫が、

「向井さんが……」

とつぶやきました。振り向いてみると、何と私の目の前に、モナリザのごとく優しい微笑みをたたえた向井さんが立っていらしたのです。もう驚くやら嬉しいやら……。反射的に手を差し出して、握手をしていただきました。その手の熱さといったら、今でも忘れません。ものすごいエネルギーをもったかただなと感じました。その日は、夕方で風も冷たく、寒い日でした。

向井さんは、黒のパンタロン、白いブラウスの上に山吹色のブレザーを素敵に着こなしておられました。

打ち上げが成功すると、向井さんが立っていらしたその場で、テレビのインタビューがすぐ始まりました。向井さんは、

「自分が乗ったときより胸がドキドキしました」

などと笑顔で答えておられました。目の前で、その一部始終を見学できた私は、何と幸運だったでしょう。もちろん一緒に写真もとらせていただきました。お会いできるとは、夢にも思っていませんでしたので、色紙を持参しなかったのが悔やまれましたが、記念写

真が残っています。

向井さんは、種子島に講演にいらしたのでした。その忙しいスケジュールのあいまに、南種子中学校にも顔を出され、中学生にも、短い時間でしたが、体験談を話されました。

「私は君たちのお母さんと同じ位のとしだけど……」

と話しかけ、生徒の質問にも気軽に答えられました。

「宇宙人はいると思いますか」

という問いに、向井さんはためらうことなく、

「はい、今度は会わなかったけれども……」

と答え、「いいえ」と答えて子どもたちの夢を壊すことはされなかったのです。

私はそんな向井さんに、さすが！　と感激したのでした。

「宇宙飛行士になるには？」

の問いには、健康であること、英語・ロシア語を勉強すること、友人と仲良くできることなどをあげられました。

とにかく背すじをシャンと伸ばし、その姿勢の良さが、強烈な印象として残っています。

（平成十二年一月）

三浦綾子さんへのレクイエム

好きな作家は？　と人に問われれば、ためらうことなく第一番目に〝三浦綾子〟さんの名前をあげます。

それほど私の好きな作家だった三浦綾子さんが、残念ながら平成十一年十月に亡くなれました。

七十七歳。七月十四日に入院されたそうですが、奇しくもその日は、私と娘夫婦が知人を訪ねて、生まれて初めて〝旭川〟という土地に着いた日です。

翌日、前年六月オープンした《三浦綾子記念文学館》を知人らと見学し、思い出に三浦夫妻の額入りテレホンカードを求めたのです。記念文学館では全作品や直筆の原稿などを熱心に見せていただきました。

三浦さんは大正十一年生まれで、私の母とほぼ同じ年齢です。三十歳で洗礼をうけられ、三十七歳で結婚、四十二歳で『氷点』が入選、世に出られました。六十歳で直腸ガン、七十歳でパーキンソン病、若き日々も肺結核、脊椎カリエスなどで十三年間の闘病生活を送られています。

「病気で失ったものは何かというと、健康だけと言い切れる。私には失うより得るものの方がはるかに多かった」と言っておられます。

また、「小説を書くという喜んでできる仕事も神様から与えていただいた。愛とは何か、生とは何か、許すとは何か、罪とは何か、正しいものになぜ苦難があるのか、そして神とは何かを私なりに書き続けて文学史に残るより、誰かを救う手助けになる作品をと思い続けてきました」とも。

厚い信仰心に裏打ちされた三浦文学は、私の魂の奥深く響いてきました。三浦さんのように信仰心の厚くない私ですが、残された作品を生涯、くり返し、くり返し読み続けていきたいと思っています。

三浦綾子さん、たくさんのすばらしい作品をありがとうございました。この世ではお会いできませんでしたが、あの世では、ぜひお会いしたいものです。


（平成十二年十二月二十二日）


綾子さんにはお会いできませんでしたが、ご主人の光世さんには、鹿児島に講演にいらした時、お顔を拝見できました。

当時、七十九歳とのことでしたが、とてもお若く見えました。

綾子さんのことを書いていた私の本を、旭川のご自宅に送らせていただいたところ、ご結婚三十年記念に作られたカセットテープと『妻と共に生きる』というご自分の著作のサイン入り文庫本、「氷点」四十年記念に撮られたハガキ大の素敵な綾子さんの写真が、送られてきました。

テープは光世さんが歌っておられるA面六曲と、B面には讃美歌四曲が入っています。

生前綾子さんがご自分の著作の中で、ご主人さまの歌をほめていらっしゃいますが、本当にいいお声で、お上手です。

「赤とんぼ」「浜千鳥」「月の砂漠」「船頭小唄」「あざみの唄」「麦と兵隊」、何回聴いても飽きません。大事な宝物です。

光世さんは平成二十六年に九十歳で亡くなられました。

約三十年、綾子さんの口述筆記を支え、「三浦文学」を二人三脚で築かれました。感謝。

（令和六年）

茂吉との縁

昭和五十九年、地元の南日本新聞の夕刊に週一回、連続十回にわたり「思うこと」という欄にエッセーを書かせていただいた。

原稿用紙二枚に日常の身近な話題で、テーマは自由。一週間を六人で受けもち、職業もまちまち。私たちの週は男女三人ずつで、女性はツアーコンダクター、大学助教授。それに主婦の私。男性は高校教師、詩人、病院の副院長というメンバー構成だった。

私の十回のうち一回は、「茂吉の手紙」という題で、精神科医で歌人でもあった斎藤茂吉に関するエピソード。

その文を書いてから二十年後の平成十六年、私は再び「エッ」と驚くことに遭遇した。今回は、茂吉の手紙の所有者とは別の鹿児島市薬師町に住むやはり私の母のいとこ（八十三歳男性）から、茂吉との縁に関する話を聞いたからである。

私が今年さしあげた「茂吉の手紙」を読んで、母のいとこはふと遠い昔のことを思い出されたのだとか……。参考のため、昭和五十九年の文を転載させていただく。


【茂吉の手紙】

斎藤茂吉といえば、中学生以上の人は知らない人はいないにちがいない。それほど有名な歌人が、私にとって急に身近になったお話。

茂吉の息子の一人、芥川賞作家の北杜夫さんが、私の親せきの教え子であったということ。

私の母の義理の叔父にあたる今は亡き福岡義夫が、東京の青南小で一年から四年まで受けもったという。そのことを聞いて、まだ一年たっていない。夢にも思っていなかったことで、随分驚いた。「もう少し早く教えてくれたらよかったのに」と言ったものの、それを知ったからといって特別私の人生が変わるはずもないのだが……。少なくとも、昔読んだ北杜夫さんのマンボウ・シリーズの本を入念に読み、今のようにすっかり何が書いてあったか忘れることはなかったかもしれない。それに今はやめてしまった短歌の創作にもっと力を注いだかもしれなかった。

私の家のすぐ近くに住む、母のいとこ宅に、茂吉の直筆の手紙が残っていると聞き、古い物が好きな私は、早速とんで行った。赤い線が入った青山脳病院用箋《せん》に書かれた毛筆の字は、なかなかの達筆であった。内容は、病気をされた息子さんが全快され、喜び、感謝とともに、内祝いのしるしまでと書かれ、優しい父親の一面をのぞかせていた。当時記念品と一緒に茂吉自身が届けたという。北杜夫さんが「小学校の思い出」という題で、二十年前日本経済新聞に書かれた記事の切り抜きと一緒に、木の額縁に入れられ大切に保存されていた。

約五十年前の封書を前にして、書斎で書かれたであろう茂吉の姿が目の前に浮かび、しばし私の時間は逆行した。貧しい人には気軽に色紙や短冊を書いてあげていたという茂吉。「神様のような人でした」と夫人に言わしめ、最上川を一日中でも眺めていた自然人であったという茂吉。一通の手紙から、さまざまな茂吉の姿がつぎつぎと連想され、二万首近い短歌のほか研究、評論、随筆と多くを残した偉大な一歌人の生涯が、鮮やかによみがえった。

（昭和五十九年四月十一日）

母のいとこ曰く、自分の父方叔父（父の末弟）が、茂吉の異母妹と結婚したが、二人とも若くして当時死病だった結核で亡くなった。その叔父は東京でピアノの教師をしていて、たくさんの弟子をもっていた。その弟子の中の一人と結婚し、昔は大勢の弟子と撮った写真もあったが、空襲で家を焼失したため、現在はその写真も残っていないことなど……。

母のいとこは、薬師町の家に結婚した二人が帰ってきたことを憶えているといい、昔はカマドがあり、そこでご飯を炊いていたことを思い出した。東京の人ゆえ、あかぬけていたらしく、場違いな所に鶴が舞い降りてきたような感じを受けた、という。

これは調べてみよう、と早速茂吉の長男の斎藤茂太さんに手紙で問いあわせてみた。

茂太さんも精神科医で多くの著書をお持ちの有名人であられるため、ある名簿に住所が記載されていて、助かった。未知らぬ一主婦からの問い合わせにもかかわらず、すぐ返事をくださった。

それは、茂吉の異母妹ではなく、茂吉の妻の輝子の異母妹のことでしょう、ということだった。

ずいぶん昔のことで、母のいとこも正確ではなかったものの、斎藤家とのつながりは確かであった。

名前は田鶴《たづる》さんと言い、種子島に移り住んだと聞いているとも、記されていた。

一方母のいとこは、田鶴子さんと呼んでいたという。いずれにしても、同一人物に間違いなさそうだ。

母といとこの両親は、種子島出身だからである。

結婚した二人は、結核療養のため、種子島に帰ったという。おそらくその地で亡くなったに違いない。子どもはいなかったそうだ。いつ頃亡くなったのか知りたくて、西之表市の役場に電話で問い合わせてみたが、戸籍に関することは、直系以外の人には答えられないとのことで、知ることはできなかった。

先日、書店をのぞいた私は「新潮日本文学アルバム」の斎藤茂吉を購入した。アルバムと銘打ってあるように、写真が数多く掲載されている。ページをめくっていると、三十七ページの斎藤家の集合写真が目についた。

横書きの小さな文字の家族名を一人ひとり見ていくと、何とそこに田鶴と記されていて私は「アッ」と驚いた。この人だ！　とその写真をまじまじ見つめた。まさか写真でも対面できるとは思っていなかった。写真の田鶴さんは、小学三・四年生くらいか。女の子三人がかわいい洋服を着て、帽子はリボンつきのおそろいのようだ。利発で裕福な子女に見える。茂吉が医者の斎藤家に養子として入ったのだから、裕福な家庭のはずだ。茂太さんは母輝子さんの横でイスに立っていて一歳くらい。

なぜか女の子のようなフリルのついたスカートのようなものをはかされ、茂太さんの後ろに父親の茂吉が立ち、茂太さんの両肩に手を置き、茂太さんを支えている。総勢十一人の家族写真だ。

早速母のいとこに、茂太さんからの便りと本の中の写真のことを手紙で報告した。叔父さんの名前は、河東文夫さんという。本人は若死にされたが、まだピアノの教え子たちは全国のどこかに何人かは生きていらっしゃるかもしれない。田鶴さんも生きていらしたら、茂太さんの写真の推定から、百歳近い年齢のようだ。茂太さんも今年八十七歳だそうだ。週に二回外来を診ておられるとか。そろそろ引退しようと思っていますとの文に、当時、九十歳を越された日野原重明先生もまだ頑張っていらっしゃるので、どうぞ今後も元気の出る本をどしどし書き続けてくださいとのエールを送った。がっかりされたかどうか？　それにしても茂太さんからの便りには、感激した。お忙しいでしょうに、一主婦の便りにすばやく反応されて、ていねいなペン字の直筆だった。それもご自身の検査入院の前日に……。

私の文「茂吉の手紙」のコピーを同封していたところ読まれたらしく、昭和五十九年は茂吉の妻、すなわち茂太さんのお母様の輝子さんが亡くなられた年になるという。

茂吉は昭和二十八年に亡くなり、故郷の山形県上《かみ》の山《やま》市に「茂吉記念館」が没後五十年に復元され、そのテープカットに平成六年十月十一日に行っていらしたそうだ。その他ご自分も青南小を卒業されたこと、福岡学級についてはきいている、弟の北杜夫さんとは十歳違うこと、現在は都下の府中市に孫まで入れて十五名の集合住宅を作り、移り住んだことなどが記されていた。

余談になるが、茂吉もウィーン大学に四十歳の時に留学している。神経学研究所でマールブルク教授の指導を受け、最初の研究論文「植物神経中枢のホルモンによる昂奮性について」を完成し、それはウィーン大学に保管されているという。

短歌が国語の教科書に掲載され、文化勲章を受けたあまりにも偉大な歌人とのささやかな縁に私が驚いた、という話だ。

また、ピアノ教師だったという河東文夫さんの血を引く親戚に、現在ピアニスト兼作曲家として活躍しておられる西村由紀江さんがいらっしゃる。私の母といとこの孫にあたる。

三年前、鹿児島市のあるホールでコンサートがあり、私も初めて聴きに行った。風や水、音、光、自然の風景などを感じたまま即興で作曲できる感性豊かな女性である。そのやわらかで優美なメロディーと共に、妖精のように美しい彼女の魅力に私はすっかり心を奪われた。（平成十五年）

その後、二回彼女のコンサートを聴くチャンスがあった。また、最近ヴァイオリニストの葉加瀬太郎さん、チェリストの柏木広樹さんとトリオでアルバムを出されたようだ。令和六年現在、四十作のオリジナルアルバムを出しているそうだ。

あとがき

いろいろな誘惑（テレビ・新聞・雑誌類・おやつ）などと闘いながら？やっと中学生の作文並みの体験談を書き綴ることができた。

娘にも急に「あのこと・このこと」を書いてみてと指示し、忙しい思いをさせてしまった。

活字が好きで、スイスイと読めるのだが、書くことはスムーズにはいかない。職業作家の偉さがよくわかる。

稚拙な文を読んでくださった方、ありがとうございました。感謝。

令和六年五月吉日

著者プロフィール

二川 道子（ふたがわ みちこ）

1943年鹿児島市出身。主婦。

趣味は読書、音楽鑑賞、旅行。

著書は、『私のウィーン物語』（2004年・日本文学館）、『日本一になった薩摩おごじょ』（2016年・出版企画あさんてさーな）

私のウィーン物語　パートⅡ　ウィーンからダブリンへ

2024年９月15日　初版第１刷発行

著　者　二川 道子
発行者　瓜谷 綱延
発行所　株式会社文芸社
〒160-0022　東京都新宿区新宿1－10－1
電話　03-5369-3060（代表）
03-5369-2299（販売）

印刷所　株式会社フクイン

ISBN978-4-286-25699-3